KB089355

방구석에서 먼저 떠나는
이집트 여행

방구석에서 먼저 떠나는 이집트 여행

초판 3쇄 발행 2023. 2. 13.

지은이	최돈근
펴낸이	박상욱
펴낸곳	도서출판 피서산장
등록번호	제 2022-000002 호
주소	대구광역시 중구 이천로 222-51
전화	070-7464-0798
팩스	0504-260-2787
북디자인	이신희
커버디자인	김은진
책임마케팅	이향숙
메일	badakin@daum.net

ISBN   979-11-966213-6-0   03980

<참고자료 목록>
1. 구글 검색 2. 네이버 검색 3. 네이버 지식백과 4. 두산 백과 5. 위키피디아
6. 미술대사전 7. 죽기 전에 꼭 봐야 할 세계 역사 유적 1001
8. 강교수의 블로그 https://blog.naver.com/jskang4u
9. 네이버 카페 [지바고] 터키★그리스★이집트여행

방구석에서
먼저 떠나는
이집트 여행

최돈근 지음

피서가장
감성을 깨우는 도서출판

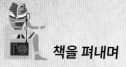

책을 펴내며

　언제부턴가 자유여행을 하고 싶어 하는 분들이 많이 늘어났습니다. 자유여행을 원하지만, 계획부터 실행에 옮기기까지 쉽게 나서기 힘들다는 분들이 주위에 많이 계셨습니다. 이분들에게 '어떻게 하면 스스로 자유여행이 가능하도록 팁을 제공할 수 있을까?'라는 생각으로 2017년 '선생님 배낭여행 밴드'를 개설했습니다.

　처음에는 항공권 구매, 숙소 예약, 구글지도 사용법 등을 자료로 안내를 해드렸으나 '스스로 자유여행을 하기는 막막하다'는 말씀들이 대부분이었습니다. 그리고 많은 회원님들께서 '실제 여행을 하면서 배우면 좋겠다'는 의견을 주었습니다. 그래서 우리는 그 계획을 실행에 옮겼습니다. 미얀마(2018년 2월, 2019년 2월), 베트남(2018년 5월), 스페인(2018년 7월), 몽골(2018년 8월), 이집트·터키(2019년 1~2월), 중앙아시아(2019년 7월), 이집트·터키(2020년 1~2월) 여행 등을 회원님들과 함께 다녀올 수 있었습니다.

　그중에 2019년 이집트 여행은 관광, 음식, 액티비티, 크루즈, 호캉스가 조화를 이룬 매력적인 여행이었고 이제껏 여행에서 참여자들의 만족도가 제일 높았습니다. 여행을 하면서 밴드에 현장감 있는 글들을 현지에서 올렸는데, 이를 보고 많은 회원님들께서 이집트 여행을 가고 싶어 하셨습니다. 이에 2020년에 다시 한번 계획을 하였고 참가를 희망하는 회원님들이 20명이 넘어서 2팀(어게인 이집트 1, 어게인 이집트 2)으로 나누어서 1팀은 제가 인솔을 하고, 2팀은 밴드 회원님이신 최현지 님께 인솔을 부탁드리고 회원님들과 함께 이집트를 다녀왔습니다.

　여행을 다녀온 뒤, 이집트 여행 참여자분들께서 '이집트 자유 여행을 희망하는 여행자들에게 우리의 이집트 자유 여행을 참고 자료가 되도록 기록을 남기는 것이 좋겠다'는 의견을 주셔서 이 책을 출간하게 되었습니다.

　선생님 배낭여행은 출발 6개월 전부터 여행에 참여할 분들과 같이 기획합니다. 서로가 일정을 정하고, 호텔을 선택하며, 본인이 하고 싶은 것도 사전에 제시하여 계획을 세웁니다. 이집트 여행을 2번 하면서 우리 팀에서 기획해서 실제 여행에서 적용한 알짜 정보를 책으로 엮었습니다.

　이 책은 여행지에 대한 학문적 접근 방식의 내용을 많이 줄이고, 어떻게 이집트란 나라를 다양한 방법으로 체험할 수 있을지를 소개하고 구체적인 이동 경로를 제시하였습니다. 또한, 여행 중에 만난 현지인과의 교류 경험을 곁들여 현장감을 담으려고 했습니다.
　부족한 내용이지만 '어게인 이집트'가 이집트 자유여행을 꿈꾸시는 분들께 많은 도움이 되었으면 하는 바람입니다.

　이집트 지명과 명소는 Google 검색과 지도사용에 유용하도록 영어 병용 표기를 하였습니다. 이 책이 나오기까지 함께 힘을 보태주시고 응원해주신 모든 분들에게 깊은 감사를 드립니다.

최 돈 근

방구석에서 먼저 떠나는 이집트 여행

CONTENTS

II. 아스완(Aswan)

III. 아부 심벨(Abu Simbel)

IV. 나일 크루즈(Nile Cruise)

V. 룩소르 동안(Luxor East Bank)

CONTENTS

VI. 룩소르 서안 (Luxor West Bank)

VII. 후르가다

추천 일정

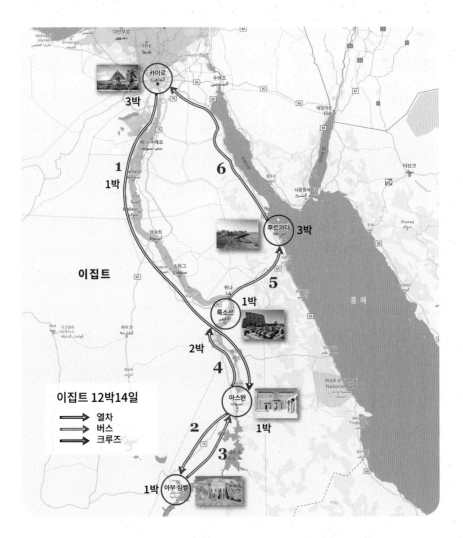

*일정표

일	일 정	비 고
1월 9일(목)	인천공항 출발(13시 15분)	
1월 10일(금)	모스크바 경유- Cairo 도착(00:00) * 유심칩, 여행 준비 및 휴식 * 박물관	Hilton Pyramids Golf (Dreamland, el Wahat Road , 6th October City, 6th Cairo)
1월 11일(토)	* 기자 피라미드 야경	
야간 침대기차 (Cairo--->Aswan) 11일(토) 저녁 8시 기차		
1월 12일(일)	* Philae Temple, Aswan Dam, Unfinished Obleiisk * Aswan ---> Abu simbel(4시간)	Hllol Hotel
1월 13일(월)	* Abu Simbel Morning tour * Abu simbel ---> Aswan(4시간)	Pyramisa Isis Corniche Aswan Resort
1월 14일(화) ~ 1월 16일(목)	* 14일 Cruise 승선 * Kom ombo, Edfu * 16일 하선	Nile Cruise
1월 16일(목)	* 오전에 Cruise 하선 * Valley of the Kings,Temple of Hatshepsut * Temple of Luxor	Hilton Luxor Resort & Spa
1월 17일(금)	* Hot air Balloons * Temple of Karnak * Luxor ---> Hurghada(Bus)-6시간	Hilton Hurghada Resort
1월 18일(토)	* Red Sea(Snorkeling Trip at Giftun Island from Hurghada)	Hilton Hurghada Resort
1월 19일(일)	* Hurghada Quad Bike Trip offer	Hilton Hurghada Resort
1월 20일(월)	* Elgouna * Hurghada ---> Cairo(Private car) * 알-아즈하르 모스크, 칸-엘-칼릴리	
1월 21일(화)	* 새벽 1시 45분 출발 * 모스크바 7시 30분 도착 * 모스크바 시내관광 * 오후 9시 모스크바 출발	
1월 22일(수)	* 오전 11시 30분 인천도착	

1. 호텔 및 기차는 무료 취소 가능한 걸로 예약합니다.
2. 현지 사정에 따라 여행 계획은 변경된다는 가정하에 계획표는 대략적으로 작성하고
   현지에서 결정합니다.

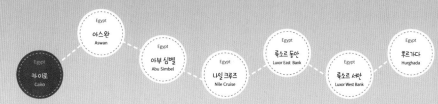

Egypt
아스완
Aswan

Egypt
아부 심벨
Abu Simbel

Egypt
나일 크루즈
Nile Cruise

Egypt
룩소르 동안
Luxor East Bank

Egypt
룩소르 서안
Luxor West Bank

Egypt
후르가다
Hurghada

Egypt
카이로
Cairo

카이로 추천 호텔
아부 타렉(Abou Tarek)
칸 엘-칼릴리 시장(Khan el-Khalili Market)
나기브 마푸즈 카페(Naguib Mahfouz Cafe)
엘 다한(El Dahan)
El Abd Pastry
피라미드와 스핑크스(Pyramid and Sphinx)
이집트 박물관(Egyptian Museum)
성채(Citadel)
아스완(Aswan)행 기차역

CAIRO 카이로

카이로는 시내 가운데로 나일강이 흐르는 아프리카에서
가장 크고 오래된 도시이다.
그리고 나일강 주변에 위치한 현대식 건물과
지하철은 고풍스러운 문화유산들과 어우러져
카이로만의 조화로운 매력을 만들어낸다.
도시 외곽의 기자 지역에는 이집트 하면 누구나 떠올리는
피라미드와 스핑크스가 자리 잡고 있다.
사막과 피라미드를 고요하게 뽐내고 있을 것만 같은
카이로에 막상 도착해보면 의외로 복잡하고
혼잡한 모습에 놀랄지도 모른다.

이집트의 첫 관문, 카이로(Cairo)

이집트 카이로 공항에 도착했다. 카이로 공항 도착하면 입국심사 전에 먼저 이집트 비자를 구매해야 한다. 비자 가격은 달러로 구매해도 25\$이고 유로로 구매해도 25€이므로 달러 구매가 유리하다. 신용카드 구매도 가능하다. 입국장에 있는 여러 Bank 중에 한 군데에서 25\$ 스티커형 비자를 사서 여권 사증에 붙이면 끝나는 매우 간단한 도착비자 구매 방식이다. 비자를 여권 사증면 빈자리에 붙이고 입국(immigration)심사 위치로 가서 입국 절차를 진행하면 된다. 입국심사 통과를 위하여 이 비자 하나면 만사형통이다. 여권을 주면 질문도 없이 붙여 놓은 비자에 도장을 꽝 찍어 주고 통과이다. 비자는 한 달 간 유효하다.

이집트 비자

비자를 구매하는 곳

입국 절차를 거친 후 이제 카이로 시내(Old Cairo)로 간다. 카이로 공항에서 시내까지는 택시 기준으로 40~50분이 소요된다. 이동은 택시, 우버, 공항픽업 서비스센터 등 다양한 방법이 있다. 여행객들이 짐을 찾고 나가면 서로 자기 택시를 타라고 호객행위가 심하다. 택시를 이용할 때에는 미터로 계산을 할지,

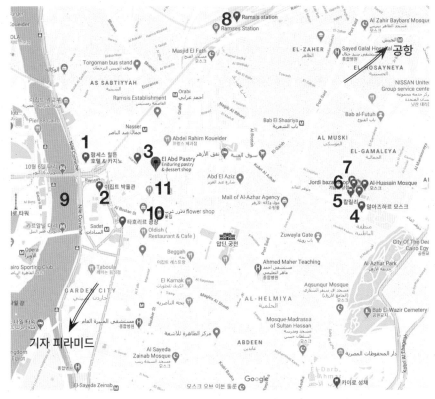

카이로(Cairo)
1. Ramses Hilton Hotel(숙소) 2. Egyption Museum 3. Abou Tarek 4. Al-Azhar Mosque
5. Khan El-Khalili 6. El Dahhan Restaurant 7. Naguib Mahfouz 8. Ramses Station
9. Nile River 10. Tahrir Square 11. Bella Luna Hotel

목적지까지 가격을 정하고 갈 것인지를 확실히 해야 한다. 우버는 저렴하지만 운전수와 승차 장소가 정확하지 않아서 서로 다른 위치에 있을 때 운전수가 영어를 못하면 난감한 상황이 벌어진다. 우리는 공항 픽업서비스 회사의 12인승 차량으로 람세스 힐튼 호텔로 이동을 하였고 여기서부터 본격적인 여행이 시작된다.

카이로 추천 호텔

숙소는 본인의 여행 스타일에 따라서 신중히 고려해야 할 요소이다. 나는 숙소를 정할 때 여행계획에 맞추어서 교통이 좋은 시내 한가운데 숙소를 좋아하는 편이지만 어떤 이는 자연 경관이 있으면서 조용한 곳을 원하기도 한다. 사람에 따라 선호도가 다르므로 카이로에 있는 여러 호텔에 숙박해보고 아래 3개의 호텔을 추천하고자 한다.

일반적으로 호텔은 아고다, 부킹닷컴, 호텔스닷컴 등의 숙박예약 사이트를 통해 예약할 수 있다. 요즘은 하나투어, 모두투어, 인터파크 등의 한국 회사에서도 예약이 가능하니 비교 후 할인적용이 좋은 곳에서 예약하면 된다.

람세스 힐튼(Ramses Hilton) 호텔

카이로 시내 한가운데 위치해 있어 카이로 어디든지 쉽게 이동할 수 있다는 장점이 있다. 이 호텔의 위치를 모든 기사들이 잘 알고 있고, 치안 상태가 좋고 건물 내부 시설들이 큼직큼직한 편이다. 겨울에는 수영장 물을 항상 따뜻이 데워준다. 아침 조식에 과일, 야채 생즙을 즉석에서 짜준다. 조식 메뉴가 에피타이저부터 디저트까지 다양하다. 조식 시간에 우아한 식사와 함께 하프 연주를 들을 수 있다. 나일강을 바라보면서 조식을 먹는 맛이 일품이다. 다른 나라 힐튼(Hilton)에 비하여 숙박비용이 저렴하다.

람세스 힐튼 호텔

힐튼 피라미드 골프(Hilton Pyramid Golf) 리조트

기자(Giza) 지역에 위치해 있어 시내와는 조금 떨어져 있으며 리조트 내부 뷰가 좋아 기분 좋게 휴식을 취할 수 있다. 모든 건물이 높지 않으며 리조트의 동이 뚝뚝 떨어져 있다. 기자 피라미드(Giza Pyramid)에서 가까우며 카이로 모든 기사들이 이곳의 위치를 잘 안다. 겨울에는 수영장 물을 항상 따뜻이 데 워준다. 조식에 과일, 야채 생즙을 즉석에서 짜준다. 골프장 필드를 보면서 먹 는 조식이 운치가 있다. 시간적인 여유가 있는 여행객은 라운딩을 해도 된다.

그레이트 피라미드 인(Great Pyramid Inn)

기자 피라미드(Giza Pyramid) 후문 티켓 오피스 바로 앞에 위치해 있다. 호 텔 루프탑에서 피라미드를 눈앞에 두고 조식을 먹을 수 있고, 밤에도 루프탑에 서 피라미드 라이트앤사운드(Light&Sound)쇼를 무료로 볼 수 있다. 방에서도 피라미드를 볼 수 있어 좋다.

아부 타렉(Abou Tarek)

우리는 숙소로 정한 람세스 힐튼 호텔에 짐을 두고 점심을 먹으려고 이집트 사람들에게 물어보니 아부 타렉(Abou Tarek)이 막강한 맛집이라 한다. 아부 타렉은 지도를 참조하여 숙소에서 걸어서 가면 된다. 이집트 전통 음식 맛집으로 이곳의 대표 음식은 '코샤리(Koshary)'이다. 1, 2, 3층이 식당으로 운영되고 있었다. 코샤리는 이집트 전통요리 중 하나로, 쌀에 마카로니, 콩 등 여러 가지가 들어가 있고 각종 소스를 뿌려서 먹는다. 아부타렉은 코샤리 판매량으로 이집트 최대 판매량을 달성한 맛집이다.

곁들이는 재료는 병아리콩, 튀긴 양파, 토마토 소스가 있는데, 튀긴 양파를 많이 넣어 먹으면 더욱 고소하고 감칠맛이 난다. 맛은 토마토 스파게티와 비슷하다. 코샤리와 디저트(Rice Pudding)를 판다. 코샤리는 스몰(1,500원), 미디엄(2,000원), 라지(2,500원)의 세 종류가 있으며, 저렴한 가격으로 이국적인 맛을 만끽하면 기분이 좋아질 것이다. 혼자 먹기에는 양이 매우 많다. 같이 간 일행 중 2명을 제외하고 모두 남겼다.

코샤리(Koshary)

유심(Sim card)구매

점심을 먹고 타흐리르 광장으로 나왔다. 타흐리르 광장은 카이로 교통의 중심지로서 여행의 출발점으로 정하면 편리하다. 광장 주변에 유심을 판매하는 가게들이 많이 있다. 자유 여행을 위한 첫 번째 요건은 현지 유심을 구매하는 일이다. 여러 가지 검색기능을 수행할 수 있으며 일행들이 서로가 떨어져 있을 때 연락을 위해서도 현지 유심칩은 꼭 필요하다. 유심은 보다폰(Vodafone)과 오렌지(Orange)가 유명하니 본인이 호감 가는 유심을 선택하면 된다. 한 가지 알려드릴 유의점은 2020년 여행에서 오렌지 유심이 우리나라 특정 회사 폰에서 작동이 되지 않았다. 이집트 입국 시 카이로 국제공항에도 통신사가 있으니 그곳에서 바로 유심칩을 구입해도 된다. 유심을 이집트 현지 유심으로 교체하고 나면, 한국에서 쓰던 유심은 여행이 끝나는 날까지 잘 보관해 두었다가 귀국하는 날 공항에서 교체하면 된다.

우리는 카이로 시내에서 유심칩을 구매했는데 정해 놓은 가격에서 더 흥정하여 사용기간 1달에 데이터 6GB, 현지통화 200분, 해외통화 10분을 사용할 수 있는 유심을 1인 145EGP(이집션 파운드×80을 하면 한화로 약 1만원) 가격으로 구매했다. 서로 사진도 찍어주고 현지에서 카톡 공유를 위하여 나름 큰 데이터를 구매 하였지만 여행 막바지에 데이터가 모자라서 데이터를 보충하였다. 유심은 본인의 데이터 사용량에 따라서 용량을 결정하여 구매하면 좋을 듯 하다. 현지 유심 가격이 우리나라 물가대비 저렴한 편이므로 큰 용량의 유심을 구매하여 와이파이에 의존하지 않고 사용하는 것이 좋을 듯 하다. 만약 데이터가 남으면 한국으로 돌아올 때 현지인에게 선물을 하여도 좋다. 한국과는 달리 손님들도 많고 일처리 속도가 느리다. 이점을 감안하여 대리점에서 여유를 가지고 기다려야 한다.

알-아즈하르 모스크(Al-Azhar Mosque)

타흐리르 광장에서 택시를 타고 알-아즈하르 모스크로 간다. 카이로에 위치한 이슬람교의 모스크로 972년에 준공되었고 유네스코 세계문화유산에 등재되었다. 카이로에 설립된 최초의 모스크이며 지금은 이집트 이슬람교를 대표하는 건물이다. 세계에서 가장 오래된 교육 담당 모스크로 정평이 난 곳으로 알-아즈하르 대학교와 맞붙어 있다.

알-아즈하르 대학교를 가는 뒷길은 고서적 판매점과 오래된 건물들이 만들어 낸 이집트의 옛 거리의 정취를 느낄 수 있다. 죽기 전에 꼭 봐야 할 세계 역사 유적으로 등재되어 있으며 입장료는 무료이다. 모스크 전체가 흰색으로 되어있어 깔끔하고 밝은 느낌이 난다. 조금만 걸으면 알-아즈하르 공원도 있으니 도심에 지친 여행객은 한번쯤 가서 휴식을 취해도 좋다.

　남성은 반바지 차림으론 입장이 불가하다. 여성은 꼭 치마를 입어야하고 머리에 두건을 써야 한다는 조건이 있으므로 치마를 두르고 스카프로 머리를 감싸고 입장을 할 수 있다. 그곳에서 치마와 스카프를 빌려준다. 모스크는 커다란 성전 같은 곳을 한쪽은 남성들만, 다른 한쪽은 여성들만이 기도를 하고 쉴 수가 있다. 아직도 남녀 구분이 여전히 존재하는 곳이다.

칸 엘-칼릴리 시장(Khan el-Khalili Market)

이곳은 알-아즈하르 모스크와 중간에 차도를 하나 두고 마주보고 있고 지하도를 이용하여 건너갈 수 있다. 지하도를 찾지 못하면 차도를 건너야 한다. 차도를 건너보면 사람들이 왜 카이로를 교통무법지대라고 하는지 알 수 있다. 신호등과 횡단보도가 없는 정말 혼잡한 도로이다. 이곳 사람들은 이 차도를 익숙하게 지그재그로 잘도 건너간다.

주로 '칼릴리(Khalili)' 시장이라고 불리는 칸 엘-칼릴리 시장(Khan el-Khalili Market)은, 1382년 개설된 세계에서 가장 오래된 재래 시장 중 하나로 이집트의 만물상으로 불리운다. 이집트에서 구할 수 있는 물건들은 이곳에 전부 다 있다고 할 수 있다. 고대 파피루스로 만든 기념품, 이집트 전통 방식으로 만든 향수와 카펫, 향신료, 스카프, 파라오와 피라미드를 딴 모형까지 다양한 제품을 만날 수 있다. 골목마다 상점이 빼곡하여 알려진 상점만 1500개가 넘고, 몇 대를 거쳐 가업으로 운영하기도 한다고 한다.

시장은 매우 많은 사람들로 붐빈다. 일반 가게에서 마음에 드는 물건을 발견하면 가격 협상을 시도해보라. 놀랍겠지만 판매자가 제시한 가격의 10~20%정도의 가격에서 시작해보는 걸 추천한다. 시장 안에는 정찰제 가격으로 여행객들에게 사랑받는 가게 조르디 샵(Jordi Shop)이 있다. 시장 초입의

건물 2층에 위치해 있고 찾기 힘들면 주변 사람들에게 물어보면 된다. 이집트 풍의 거울, 수첩, 엽서, 스카프 등 각종 기념품들을 많이 판다. 정찰제지만 많이 사면 정찰 가격의 10%정도는 할인이 가능하다. 흥정에 자신이 없는 여행객은 여기서 물건 사는걸 추천한다.

 ## 나기브 마푸즈 커피숍(Naguib Mahfouz Coffee Shop)

쇼핑 후 에너지 보충을 위해 칼릴리 시장에서 빼놓을 수 없는 명소 나기브 마푸즈 카페를 찾았다. 이집트인 최초의 노벨 문학상 수상자 나기브 마푸즈(Naguib Mahfouz)가 즐겨 찾았던 카페로 커피숍이라 적혀있지만 식사도 가능하므로 카페라고 생각해도 될 듯하다. 벽면 가득히 마푸즈의 흔적이 전시되어 있다. 그는 그의 대표 작품들의 상당 부분을 이 카페에서 집필한 것으로 알려져 있다. 스터디카페의 원조라 해도 무방할 듯하다. 이런 곳에서 이집트 문학가의 숨결을 느껴 보는 건 어떨까? 요즘 유명세 탓에 엄청 많은 현지인들과 관광객이 카페를 가득 메우고 있었다.

나기브 마푸즈의 정취를 느끼면서 한국에서는 경험해보기 힘든 '시샤

(Shishah)'를 경험해보는 것도 좋을 듯하다. 시샤는 우리에게 물담배라고 알려져 있다. 얼핏 보기에 마치 담배를 피우는 것처럼 보이지만 재료는 과일 혹은 꽃잎 종류(Apple, Peach, Rose등)의 잎이다. 그 잎들을 태우면서 비타민을 흡입한다고 생각하면 된다. 시샤는 나이를 알아본다. 젊은이들은 내뱉을 때 연기가 잘 나오지만 나이든 사람들은 연기가 잘 나오지를 않는다. 옆 테이블의 이집트 젊은 여인들이 너무나 재미있다고 같이 합석하자고 해서 합석했다. 이집트 다른 지역에선 물담배 카페에서 이집트 여성들을 못 봤는데 카이로는 개방적인 듯하다.

시장 입구에는 현지인들이 많이 이용하는 노천카페들이 많이 모여 있는데 그중에 엘 피사위(El Fishawy) 카페도 나기브 마푸즈가 많이 이용하였다고 하니 그쪽을 방문해도 좋은 경험이 될 듯 하다.

 엘 다한(El Dahan)

칼릴리 시장에서 쇼핑을 하다가 식사 시간이 되어서 방문한 맛집이다. 1920년 아버지 때부터 장사를 시작했다고 한다. 여러 메뉴 중에 치킨 그릴은 한국의 숯불 바비큐를 연상하게 한다. 일행들이 하나씩 시켰는데 양이 많아서 모두들 반밖에 못먹었다. 비둘기 고기는 다른 식당의 수준에 살짝 못미쳤다. 식사

시간에 손님이 꽉 찬다. 귀국하는 날 들렀을 땐 공항가서 저녁때 먹으려고 양고기 수육을 포장해서 갔다. 사장이 막강한 영어를 구사하였다. 작년에 뉴카이로쪽에 분점을 내었다 한다.

El Abd Pastry

칼릴리 시장을 둘러보고 타흐리르 광장에 내려서 찾아간 과자 전문집이다. 여긴 현지인들이 무지하게 많이 찾는 디저트 맛집이다. 가게 안은 수많은 과자들로 가득차 있으며 사람들이 너무 많아서 발 디딜 틈이 없다. 이집트 사람들이 가게 안에서 과자 종류를 쓸어 담아간다. 우리는 아이스크림을 사먹었는데 그중에 망고 아이스크림이 정말 맛있다.

기자 피라미드(Giza Pyramid)와 스핑크스(Sphinx)

다음날 우리는 기자 피라미드를 간다. 카이로 중심부에서 남서쪽으로 15km 정도 아래에 있다. 숙소에서 기자피라미드까지 가는 방법은 택시나 우버를 이용하든지 지하철을 타고 기자역에서 내려서 다시 피라미드까지 가는 차를 타야한다. 카이로 시민들이 대중적으로 이용하는 지하철 이용 시 여성 전용칸이 있으므로 주의해서 탑승해야 한다.

도착지인 기자역에 내리면 참 어수선한 광경이 펼쳐진다. 지하철 밖으로 나오면 많은 마이크로 버스(미니 버스) 들이 줄지어 서있는데 여기서 피라미드 가는 차를 타야 한다. 외국인이라서 가격도 많이 달라하니 흥정해야 한다. 우린 1인 15EGP로 흥정해서 갔다. 여러 번 갈아타야 하는 번거로움을 고려하면 택시나 우버를 추천한다. 택시 1대에 편도 100EGP 정도로 협상하면 될 듯하다. 이집트 정부는 2019년 7월부터 기름값을 20% 일제히 올렸다. 현재는 그 가격보다는 더 주어야 할 듯 하다.

기자 피라미드는 기자 네크로폴리스(Necropolis)라고도 한다.

그리스어로 네크로는 '죽은 사람' 폴리스는 '도시'를 뜻한다. 고대 이집트 사람들은 현세는 잠시 머물다 가는 곳이고, 죽음 이후 영원한 삶을 누린다고 믿었기 때문에 주거 공간은 초라해도 무덤은 정말 화려하게 지었다. 현재 이집트의 유적지는 네크로폴리스의 유적이 대부분이다. 피라미드의 관람시간은 오전 8시~오후 5시이지만 오후 4시가 넘어가면 자신이 서있던 위치에서만 관람을 할 수 있고 다른 곳의 이동 관람은 못한다. 예를 들어 쿠푸왕 피라미드를 오후 4시에 관람을 하고 스핑크스로 이동하여 오후 4시 30분에 스핑크스 관람을 하려하면 경찰들이 못 가게 하고 밖으로 내보낸다. 아마도 오후 5시에 반드시 밖으로 나가도록 하기 위해서가 아닌가 하는 생각이 들었다.

피라미드 유적지를 돌아다니려면 거리가 멀기 때문에 택시를 흥정하든 미니 버스을 흥정하든 차를 반드시 가지고 들어가는 것이 좋다. 또한 이집트 전역에서 호객 행위가 제일 심한 곳이므로 여기저기서 말을 걸어오는 호객꾼들에게 일일이 대답하지 않는 것이 덜 피곤하다.

이집트 여행을 준비하다 보면 고왕국, 중왕국, 신왕국 이라는 단어를 자주보게 된다. 기원전 3000년경 고대 이집트의 전제 왕국이 형성된 이후 30개 왕조가 교체되었는데, 이를 통상적으로 고왕국 · 중왕국 · 신왕국 이렇게 3기로 나눈다. 그 중 왕과 왕족의 무덤으로 피라미드가 건축된 것은 고왕국 때였다. 왕국과 왕조의 개념을 가지고 여행을 하면 유물이나 유적을 이해하는데 도움이 된다.

<파라오들의 사후세계와 연관이 많은 이집트의 역사유적 용어정리>

피라미드	고왕국시대(기원전 3,100 ~ 2,055년경) 파라오의 왕권과 사후를 위한 장소. 무덤으로도 사용되었으며 미라와 함께 발견. 당시 수도였던 멤피스(카이로 남쪽, 현재 기자, 사카라)를 중심으로 여러 피라미드군들이 보인다.
장제전	신왕국시대(기원전 1,570 ~1,070년경) 파라오의 사후를 위한 장소. 미라는 발견 안 됨.
신전	신왕국시대 파라오의 왕권을 높이는 장소 당시 수도였던 테베(Thebes, 현재 룩소르)를 중심으로 장제전, 신전들이 보인다. 신왕국시대 무덤과 미라는 나일강 서쪽 계곡 암석 아래에서 발견된다.

기자 피라미드
(출처 : https://en.wikipedia.org/wiki/File:Giza_pyramid_complex_(map).svg 의 지도를 수정함)

기자 피라미드는 위의 지도를 참조하면 좋다.

이동은 정문입구 -〉 쿠푸왕 피라미드 -〉 헤테프헤레스 피라미드

　　　-〉 파노라마 뷰 -〉 스핑크스 -〉 후문으로 하면 좋다.

기자 피라미드는 멘카우라왕, 카프레왕, 쿠푸왕의 무덤이 있는데 그중에 제일 큰 것이 쿠푸왕의 무덤이다. 쿠푸왕의 피라미드가 가장 크고 정교하게 만들어졌다고 하는데, 높이 147m 둘레 1km, 평균 2.5톤의 돌 230만개가 사용되었다 한다. 돌 하나의 높이가 사람 키 정도인데, 기원 3000년 전에 이렇게 거대한 돌을 아스완에서 기자까지 어떻게 옮겨와서 어떻게 쌓았는지 정말 불가사의다.

왼쪽부터 차례로 멘카우라왕, 카프레왕, 쿠푸왕 피라미드

거대한 쿠푸왕 피라미드 앞에서 인생 샷을 남기고 싶다면 낙타를 타고 사진을 찍어보는 것은 어떤가? 우리는 낙타를 타고 사진만 찍는 조건으로 낙타꾼과 1인 1$로 협상을 보았다. 낙타꾼들은 대개 50$을 달라 한다. 그러면 흔들리지 말고 계속 1$을 주장하라. 낙타 타고 사진부터 찍고 흥정하면 불리해질 수 있다. 반드시 흥정부터 하고 손에 1$이라고 적고 마부 얼굴에 1$ 적은 손을 함께 놓고 사진 찍고 타면 더 이상 달라 못한다.

기자 피라미드 중 제일 큰 쿠푸왕의 피라미드는 내부를 관람할 수 있다. 쿠푸왕 피라미드의 내부를 관람하려면 티켓 오피스에서 입장권을 같이 구매해야 한다. 내부 입장료는 무려 3만원 정도인데, 피라미드 입장료가 1만 6천원 정도임을 감안하면 정말 비싼 금액이다. 쿠푸왕 바로 옆에 작은 피라미드 내부는 관람료가 무료이다. 크기의 차이일 뿐 둘 다 내부는 동일하니 작은 피라미드의 무료 관람을 추천한다. 이 작은 피라미드는 전해오는 이야기에 의하면 쿠

푸왕의 모친인 헤테프헤레스 여왕의 무덤이라 한다. 여기서 그녀의 침실이 발견되었으며 미라는 발견되지 않았다 한다.

　피라미드 내부 관람 후 우리 팀은 차를 타고 기자 피라미드군을 한눈에 볼 수 있는 파노라마 뷰포인트로 갔다. 여기서 추억에 남을 만한 사진을 한 장 남겨보라. 두고두고 꺼내보며 미소 짓는 기록이 될 것이다. 여기는 걸어서 가기에는 많이 먼 거리이기 때문에 차를 타고 가면 좋다. 낙타를 타고 갈 수도 있지만 오래 걸리고 이집션들 특유의 팁 문화로 인하여 정말 많이 피곤해진다.

　우리는 여기서 다시 차를 타고 스핑크스로 간다. 여기서 스핑크스도 차를 타고 가면 좋다. 걸어서 가거나 낙타를 타고 가면 너무 멀다. 또한 앞서 말했듯

30번 연습해도 박자 맞추기
힘이 든다

이 낙타는 이집션들 특유의 흥정과 팁문화로 인하여 많이 피곤하다.

스핑크스 앞에는 말을 걸며 사진을 찍어주고 박시시(팁)을 요구하는 전문꾼들이 많다. 혹시 사진을 찍어주다가 핸드폰을 들고 도망칠까봐 불안 불안하기도 하지만 관광지에서 그런 일은 거의 없다 한다. 이집트에서 일자리가 없는 사람들은 사진을 찍어주고 용돈을 버는 것이 일상이다. 1~2$정도 주고 기분 좋게 보내면 된다. 이것도 이집트 문화체험이다.

스핑크스를 관람하고 저녁을 먹으러 가서 회원 한 분께서 폰이 없어진 것을 알게 되었다. 분실 과정을 역추적해 본 결과, 스핑크스에서 윗주머니에 핸드폰을 넣어두고 아래로 뛰어내릴 때 떨어져 버렸다는 결론을 내렸다. 회원께서 세상 살다보면 그럴수도 있다 하시면서 분실 사건을 깨끗이 접어둔 채 남은 여행은 잘했지만… 지금 생각해보면 피라미드는 밤에도 문을 여는데 가서 분실물 센터에 물어나 볼걸, 다음날이라도 다시 가서 분실물 찾아 놓은 것 있나 물어나 봤어야 하는 거 아닌가 싶기도 하다. 스핑크스의 저주인가?

밤이 되면 피라미드에서는 라이트 앤 사운드(Light&Sound) 쇼가 진행된다. 피라미드 극장에서 유료로 관람해도 되지만, 호텔 루프탑에서 피라미드가 보인다면 그곳에서 보는 것을 추천한다. 주변 레스토랑에서도 무료 관람이 가능한데 식사 혹은 음료를 주문하면 된다. 1월에는 7~8시에 1부가 영어로 진행되고, 8~9시에 2부가 요일별로 독어, 스페인어, 불어 등으로 진행된다. 방송이 흘러나오면서 그에 맞춰 피라미드와 스핑크스에 화려한 불빛을 비춘다. 햇빛 아래에서 보던 피라미드와는 또 다른 매력을 느낄 수 있다.

이집트 박물관(Egyptian Museum)

타흐리르 광장 바로 옆이다. 이집트 박물관은 이집트 최대의 박물관이다. 고대 이집트의 미술과 고고학적 유물의 보고로서 양과 질적인 면에서 세계 최고의 수준이다. 대부분이 이집트 각지의 신전이나 무덤에서 발굴된 유물로, 이곳에서 이집트의 유구한 역사와 10만 점이 넘는 유물을 한눈에 볼 수 있다.

이집트 모든 유적지의 입장료는 국제 학생증으로 반값 할인을 받을 수 있다. 규정은 국제학생증과 만 30세 미만의 조건을 함께 충족해야지 50% 할인을 받을 수 있다. 박물관 안에서 사진을 찍고 싶다면 매표소에서 사진요금(Photography fee)을 따로 지불해야 한다.

1층 전시실에는 미라가 있던 관들이 많이 전시되어 있다. 고대 이집트 인들은 현세의 삶은 일시적이고 사후가 영원하다고 믿었기 때문에 무덤과 관을 정성들여서 만들었다 한다. 우리나라 역사 유적을 보면 절과 사원이 대부분인데 이집트는 무덤과 신전이 대부분이다.

관을 전시해 놓은 1층 전경

미라를 보관했던 석관

2층 전시실에서 가장 눈길을 끄는 것은 투탕카문의 무덤에서 나온 유물들이다. 투탕카문은 18세에 요절해서 알려진 것이 없는 파라오인데, 그의 무덤은 룩소르 서안 왕가의 계곡에서 유일하게 도굴 당하지 않은 채 많은 유물이 발견이 되었고 황금마스크와 함께 유명해졌다.그의 미라는 룩소르 서안의 왕가의 계곡에 위치한 자신의 무덤에 전시되고 유물들은 전부 이곳으로 옮겨왔다. 투탕카문의 황금마스크는 사진촬영 금지이다.

또한 2층에는 미라 전시관(Mummy house)이 있다. 이곳은 관람 요금을 따로 지불하고 입장해야 한다. 마찬가지로 국제 학생증 할인이 된다. 이곳에는

투탕카문 황금의자 유물

투탕카문 여러 입상 유물

투탕카문 미라가 있던 황금관

람세스 2세, 세티 1세 등 11명 파라오들의 미라가 전시되어있다. 머리카락과 눈썹까지 보존된 미라를 보면 고대 이집트의 미라 기술에 감탄이 절로 나올 것이다. 이곳은 사진 촬영금지 구역이다.

고대 이집트인들은 사람이 죽고 나서 다음 세상에 부활한다고 믿었다. 죽음 이후 영혼은 일시적으로 육체를 떠나지만 부활할 때 원래의 육체로 돌아오는 데, 이때 육체가 없으면 부활할 수 없기 때문에 육체를 영구히 보존하기 위해 미라를 만들었다. 전시된 파라오들의 미라들은 아직도 부활을 기다리는 건 아닐까? 생각해본다.

2013년부터 이집트 정부는 피라미드에서 2km 정도 떨어져 있는 기자 지역에 그랜드 이집션 박물관(Garnd Egypt Museum, GEM)을 건설하고 있다. 현재 카이로에 있는 이집트 박물관은 공간이 부족해서 지하에도 많은 유물들이 전시되지 못한 채 보관되고 있다고 한다. 2020년에 개장 예정이였으나 코로나 사태로 인하여 2021년에 개장 예정이며 현재 이집트 전역에 흩어져 있는 많은 유물들도 옮겨질 예정이다. 세계 최대의 고고학 박물관으로서 28개의 상점, 10개의 레스토랑, 회의실, 영화관까지 생긴다하니 앞으로 박물관 관람은 하루도 모자랄 것 같다.

성채(Citadel)

성채(Citadel)는 성벽이란 뜻으로 12세기 때 십자군에 대항하기 위해 중세 아랍의 영웅 살라딘이 이집트를 지키기 위해 세운 요새이다. 성채 안에 무함마드 알리 모스크, 칼라운 모스크, 이집트 군사박물관이 함께 있어서 성채 입장권으로 모두 관람이 가능하다. 그중 수많은 화려한 샹들리에, 독특한 스테인글라스, 높은 2개의 첨탑과 거대한 돔으로 이루어진 무하마드 알리 모스크가 인상적이다.

무함마드 알리 모스크는 이집트 마지막 왕조인 무함마드 알리가 세운 것으로, 이스탄불의 블루모스크를 본 따 만들어서 이집트에서 가장 이질적인 모스크라고 한다. 그리고 모스크 밖에서는 카이로 시가지와 나일강을 한눈에 내려다볼 수 있어서 사진을 찍기에 매우 좋았다.

성채에서 바라본 카이로 시가지 전경

무하마드 알리모스크 외관

무하마드 알리 모스크 샹들리에

성채 입구

아스완(Aswan)행 기차역

　우리는 카이로에서 2박을 하고 아스완으로 갔다가 돌아오는 일정에 카이로에서 다시 1박 계획을 세웠다. 카이로에서 남부 상업도시 아스완까지 가는 방법은 비행기, 기차, 고속버스(GoBus), 미니 버스 등 다양하다. 비행기로 이동하는 의견도 나왔지만 일반 현지인들의 삶을 경험해 보는 것도 배낭여행의 묘미라는 여행 철학에 따라 기차로 움직이기로 했다. 기차예약은 온라인이나 역에서 가능하다. 여행 일정이 바쁜 여행객은 비행기를 이용해도 된다.

　아스완(Aswan)으로 가기 위한 기차역은 람세스역(Ramses Station)과 기자역(Giza Station) 두 군데이다. 이집트 정부의 권고에 따라 보통 개인들은 람세스역을 주로 이용하고 단체들은 기자역을 이용한다. 우리는 2019년에는 람세스역 2020년에는 기자역을 이용했다. 떠나는 날 카이로 시내에 있으면 람세스역으로, 피라미드 근처에 있으면 기자역으로 가는걸 추천한다. 같은 기차인데 카이로에서 출발한 기차가 기자역에서도 정차한다.

람세스역

기자역

　기차의 종류는 자면서가는 슬리핑 기차, 앉아서 가는 1등석, 2등석 기차가 있다. 아스완 까지는 밤을 지내며 12시간이 걸린다. 먼 거리를 이동할 때는 여행 피로도를 고려하여 잠을 자면서 가는 슬리핑 기차(Sleeping Train)를 이용한다. 슬리핑 기차의 한 캐빈은 2인 1실 기준이며 2층 침대가 있다. 실내에서 간단한 세면이 가능하고 핸드폰 충전도 가능하니 수건과 멀티탭을 준비해가면 좋다. 시설은 우리나라와 비교하면 좀 뒤떨어지지만 이집트에서 슬리핑 기차는 특급 기차이다. 기차에서 석식과 조식이 제공되지만 식성이 까다로운 사람은 본인 입맛에 맞게 기차를 타기 전에 간식을 준비하면 좋다. 기차에서 요청하면 물도 제공이 되지만 위생에 민감한 사람은 물을 구매하여 기차에 탑승하면 좋다.

2층 침대 / 세면대

슬리핑 기차는 성수기에는 매진되기 때문에 한국에서 미리 예약하고 가는 것이 좋다. 예약은 https://www.wataniasleepingtrains.com/ticket/index.html 에서 예약이 가능하다. 가격은 현재 한 캐빈에 혼자 자면 120$이고, 두명이 자면 1인 당 80$이다. 예매 후 티켓을 저장 또는 출력해가면 된다. 카이로에서 아스완까지 슬리핑 기차를 이용할 사람들은 #82와 #86중에 예약하면 된다.

기차 번호	출발		도착		여행 일	날짜 결과 2020/09/12
# 82	카이로 21:10	기자 21:30	룩소르 07:30	아스완 11:10	매일	예약
# 83	아스완 16:20	룩소르 19:35	기자 05:05	카이로 05:30	매일	예약
# 86	카이로 19:45	기자 20:05	룩소르 05:45	아스완 09:25	매일	예약
# 87	아스완 17:15	룩소르 20:30	기자 06:05	카이로 06:25	매일	예약

꿀·팁·정·리

① 이집트 유적지는 국제 학생증을 준비하자(입장료 50% 할인)

② 유십칩을 구매해서 현지 여행을 하는 것을 추천한다.

③ 알-아즈하르 모스크 방문 시 자신에게 어울리는

　스카프를 준비해서 사진을 남기면 좋다.

④ 기자 피라미드 유적지를 들어갈 때

　차량을 가지고 들어갈 것을 추천한다.

⑤ 유적지를 제외하고 어디든 가격 흥정은 필수이다.

⑥ 12~1월 이집트는 추우니

　핫팩이나 소형 전기장판을 준비하면 좋다.

이집트의 신들

| 케프리(Khepri) | 라-호라크티
(Ra-Harakhte) | 아툼(Atum) | 아문(Amun) |

고대 이집트에서 섬겼던 태양신

고대 이집트는 신정국가였다. 파라오(왕)의 권력은 신이 부여한다고 믿었기에 시대에 따라 주신이 있었다. 여기서는 대표적인 신을 정리하였다.

부부

아들

오시리스(Osiris)
부활의 신

이시스(Isis)
어머니의 신.
오시리스 누이이자 아내

호루스(Horus)
이승의 신.
오시리스와 이시스의 아들

 신들이 손에 들고 있는 ♀는 앙크(Ankh)이다. 영원한 생명, 부활을 상징하는 열쇠이다.

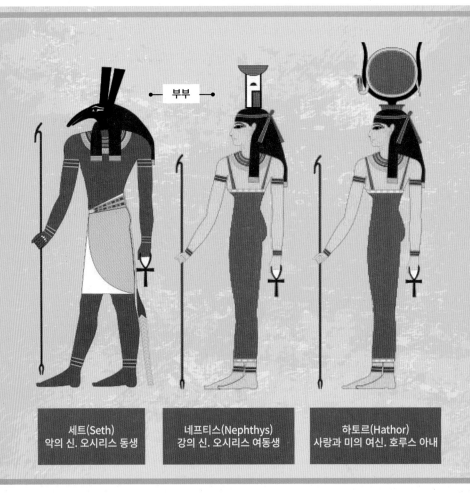

부부

세트(Seth)
악의 신. 오시리스 동생

네프티스(Nephthys)
강의 신. 오시리스 여동생

하토르(Hathor)
사랑과 미의 여신. 호루스 아내

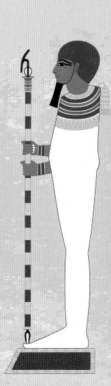

아누비스(Anubis)
죽은자의 신.
네프티스와 오시리스의 아들

프타(Ptah)
조물주, 건축의 신

세베크(Sebek)
물의 신.파충류의 수호신

암미트(Ammit)-죽음의 신

마트(Maat)-정의의 신.
깃털달린 긴 날개를 가지고 표현된다.
토트의 아내

토트(Thoth)
지혜의 신

신들의 이해를 돕기 위하여 그림 하나를 소개한다.

아래는 1888년 테베(지금의 룩소)에서 발견되어 대영박물관에 보존되어 있는 '아니의 파피루스'이다. 아니는 왕의 서기였다.

파피루스의 내용은 '사자(死者)의 서'이다.

'A' 왼쪽에 아니가 죽어 자신을 판결할 주요 14신들 앞에 있다.

'B' 왼쪽부터 죽은 자의 신 아비누스가 아니를 데리고 간다. 아비누스가 저울 왼쪽에 아니의 심장과 오른쪽에 정의의 신 마트의 깃털을 올려놓고 저울질 한다. 고대 이집트인들은 현생에 죄가 많을수록 심장의 무게가 무거워진다고 믿었다. 심장의 무게가 깃털보다 무거우면 암미트가 잡아먹기 위해서 입을 벌리고 있다. 토트신이 아니의 측량을 기록하고 있다. 호루스신이 측량을 통해 정의롭게 판결난 아니를 아버지 오시리스 신에게 데리고 간다.

'C' 오시리스 신이 왕자에 앉아 있고 그 뒤에 부인인 이시스 신과 동생이자 제수씨인 네프티스 신이 서 있다. 오시리스 신 앞쪽에는 사자의 내장을 보관하는 단지가 놓여 있다.

Egypt
카이로
Cairo

Egypt
아스완
Aswan

Egypt
아부 심벨
Abu Simbel

Egypt
나일 크루즈
Nile Cruise

Egypt
룩소르 동안
Luxor East Bank

Egypt
룩소르 서안
Luxor West Bank

Egypt
후르가다
Hurghada

아스완 추천 호텔
엘 마스리(El Masry)
필레 신전(Philae(Isis) Temple)
미완성 오벨리스크(Unfinished Obelisk)
아스완 시장(Aswan Souk)
펠루카(Felucca)
누비안 빌리지(Nubian Village)

ASWAN 아스완

아스완은 나일강에서 보는 석양이 가장 아름다운 도시이며,
룩소르와 함께 나일 크루즈의 대표적인 출발지이자
도착지이기도 하다. 아스완의 필수 코스는 바로 시장인데,
셀 수 없이 다양한 종류의 향신료와 차를
마음껏 만날 수 있기 때문이다. 이곳의 또 다른 매력은
과거 수단에서 넘어온 누비아 인들의 생활상을
가까이에서 엿볼 수 있다는 점이다.
하이댐, 필레 신전, 미완성 오벨리스크를 둘러보며
과거 이집트의 발자취를 직접 느껴보자.

펠루카를 품은 아스완(Aswan)

기차는 밤새 나일강을 달렸다. 동틀 무렵이 되자 우리는 달리는 기차에서 아름다운 일출을 보며 아스완 기차역에 도착했다. 기차에서 내릴 때 기장이 서비스팁을 이야기 하길래 1인 1$을 주고 내렸다. 아스완 기차역은 아스완 중심부에 있어서 대부분의 호텔은 걸어서 이동이 가능하다. 우리는 피라미사 이시스 코니체 아스완 리조트(Pyramisa Isis Corniche Aswan Resort)에 짐을 풀었다.

 아스완 추천 호텔

피라미사 이시스 코니체 아스완 리조트(Pyramisa Isis Corniche Aswan Resort)
아스완에 있는 호텔 중에 위치가 좋으며 원하는 곳은 어디든지 걸어갈 수 있는 거리며 가격이 많이 착하여 적극 추천하는 호텔이다.

출처 : https://www.clubhotel.me/Hotels?id=Pyramisa-Isis-Corniche-Aswan

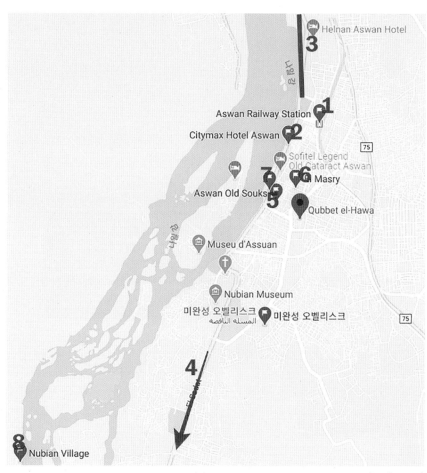

아스완(Aswan)
1. Aswan railway station 2. Citymax Hotel 3. Cruise dock 4. Pilae Temple
5. Old Souk 6. El Marsy 7. Pyramisa Isis Corniche Resort(숙소) 8. Nubian Village

나일강 바로 옆에 있어서 전망이 좋으며, 아침에 새소리에 잠이 깬다. 2019
년에 리모델링을 하였다. 객실 앞에 작은 정원을 가꾸어 놓아서 더 운치 있다.

시티맥스 호텔(City Max Hotel)

아스완에 있는 호텔 중에 위치가 좋은 편이다. 중심부 어디든지 걸어갈 수
있는 거리이나 위에 소개한 코니체보다는 중심부에서 500m정도 멀다. 가격이
코니체 보다 조금 비싸지만 룸 컨디션이 코니체보다 좋다. 나일강에서 도로를
하나 건너서 숙소가 위치해 있다. 현대적인 분위기의 호텔이다.

 엘 마스리(El Masry)

여행을 나오면 배가 자주 고프다, 호텔에서 휴식을 취하며 씻고 짐정리를
하다 보니 어느새 배가 고파진다. 이 식당은 숙소에서 걸어서 5분 거리이다.
1958년부터 식당을 하였고 아스완에서 나름 이름 있는 맛집이다. 이집트 음
식은 이름이 생소하지만 도전음식이라고 생각하고 이것저것 시켜서 새로운

맛을 느껴보는 것도 좋다. 이집트 사람들은 우리나라에는 없는 비둘기 요리 (Hamam)를 자주 먹는데 한번 용기내 보는 것도 좋다.

모든 요리에는 스프, 샐러드, 밥 및 여러 요리가 기본으로 제공된다. 진정한 현지 요리를 맛볼 수 있는 식당이다. 식사량이 이집트 사람들 기준으로 식사가 나오므로 1인분 양이 많으니 두 사람당 한 가지 요리를 시켜도 된다. 사장님이 엄청 친절한 식당이었고 따님이 한국어를 매우 잘하고 태권도를 좋아한다고 해서 좋은 기억이 남아있다.

메뉴 하나를 시키면 스프, 밥, 카레가 같이 나온다.   한국에서 접하기 힘든 비둘기 고기이다.

필레 신전(Philae Temple)

우리는 점심을 먹고 예약한 미니 버스를 타고 필레 신전로 간다. 필레 신전을 갔다가 오는 길에 미완성 오벨리스크를 들를 예정이다. 필레는 지명이다. 아스완 중심부에서 필레까지 거리가 조금 있기 때문에 차를 타고 간다.

필레 신전은 아길키아 섬(Agilkia Island)에 위치해 있어 선착장에서 배를 타고 들어가야 하는데 신전 표를 미리 끊고 선착장으로 간다. 입구 오른쪽 매표소에서 표를 구입한 후에 왼쪽 입구로 들어가야 하는데 여행객들 일부는 이것을 모르고 왼쪽에 서 있다가 선착장 입구 검표원이 표를 사서 오라고 하면 다시 오른쪽 매표소로 황급히 달려가는 불편을 겪는다.

아스완에 도착하여 처음 방문한 유적지가 필레 신전, 그 다음이 미완성 오벨리스크, 아부 심벨이였는데 이 세군데는 우리는 국제교사증과 여권을 함께 보여주니 할인을 해주었다. 그 다음 유적지 콤옴보 신전에 가서는 할인이 안 된다 해서 왜 그런지 물어보니 이집트 유적지는 만 30세 미만의 학생이 국제 학생증으로 50% 할인을 받도록 되어 있다고 했다.

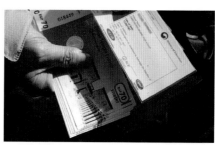

자체제작한 국제 신분증

필레 신전 선착장

선착장에서 배를 타고 신전을 들어갈 때 배 값은 흥정을 해야 한다. 뱃사공들은 서로서로 자기 배를 타라고 하는데 흥정을 잘해서 배를 타고 신전으로 가면 된다. 1인 왕복에 30EGP 정도면 괜찮을 듯 싶다. 필레 신전에 도착하여 배에서 내릴 때 몇 시간 관람을 할지 뱃사공과 약속 후 관람을 시작하면 된다. 1시간 30분 정도의 시간이면 여유가 있을 듯하다.

필레 신전은 처음에는 필레 섬에 있었으나 아스완 하이댐(High Dam) 건설 공사로 수몰 위기에 처하자 유네스코의 도움으로 4만 조각으로 해체한 후 인근에 있는 이곳 아길키아 섬으로 1977년 이전을 시작하여 1980년 이전을 완료하였다.

이집트 신왕국시대(BC 1,600~1,100년) 신전은 탑문이 먼저 나오고 안으로 들어가면 대열주(기둥)가 나오는데 필레 신전은 기둥이 먼저 나오고 탑문이

파라오와 이집트 신들이 조각된 기둥

나온다. 그 이유는 필레 신전은 BC 664년부터 건축되었으나, 이집트가 그리스에 정복 당하고 그리스 군주가 들어선 프톨레마이오스 왕조 시대(BC 305년 ~BC 30년)에 지어진 신전이기 때문이다. 그리스 출신의 왕들은 자신의 왕권을 공고히 하기 위해 신전을 만들 때 이집트 신들을 받아 들이며 그리스 건축양식을 혼합시켰다. 이 시기에 지어진 신전은 다음 편에 나오는 에드푸(Edfu), 콤 옴보(Kom Ombo) 신전이 있다.

필레 신전은 이시스(Isis) 신화가 조각되어 있어서 이시스 신전이라고도 한다. 이시스 신전을 이해하기 위해서는 이시스에 얽힌 신화를 먼저 알아야 한다. 오시리스(Osiris), 세트(Seth), 이시스(Isis), 네프티스(Nephthys)는 게브와 누트 사이에서 태어난 형제자매이다. 이들은 남매끼리 결혼을 한다. 오시리스는 이시스와 결혼했고, 세트는 네프티스와 결혼했다. 이시스와 결혼한 오시리스가 파라오(왕)가 되어 이집트 문명을 만들어 나갈 때 하루는 동생 세트의 아내 네프티스를 이시스로 착각을 하고 같이 잠을 자게 되고 네프티스는 아누비스(Anubis)를 낳게 되었다. 이것을 알게 된 세트는 형을 미워하게 되었고 이집트의 왕이 되기 위해 오시리스를 살해하여 시체를 14토막으로 나누어 이집트 전역에 흩어 놓고 왕이 되었다. 이시스는 남편 오시리스의 토막난 시체를 찾아 모아서 묻은 다음 주술로 오시리스를 부활시키고 호루스(Horus)를 잉태하였다. 이시스는 지혜의 신 토트(Thoth)의 도움을 받아 세트로부터 멀리 피해 호루스를 낳고 길렀다. 호루스는 원래 매우 허약했으나 이시스의 지혜와 주문으로 강하게 자랄 수 있었다. 언제까지나 세트의 눈길을 피해 호루스를 기를 수 없었던 이시스는 태양신 라(Ra)의 힘을 빌려 호루스를 키웠다. 장성한 호루스는 아버지의 복수로 세트를 죽이고 파라오 자리를 되찾는다.

이 신화의 과정들이 열주나 벽에 부조로 표현되어 있다. 고대 이집트인들은 파라오와 신을 동격으로 봤는데 이시스는 모든 파라오의 어머니였다. 그래서 파라오가 이시스에게 봉헌하는 장면들도 많이 나온다.

왼쪽 위부터, 필레 신전 제 1 탑문
파라오가 호루스에게 봉헌 하는 탑문 부조
파라오가 이시스에게 봉헌 하는 벽부조
이시스가 어린 호루스에게 젖 물리는 벽부조
트라야누스의 정자

머리에 원반형 관을 쓴 여신을 하토르라고 보는 설도 있으나 이시스는 여러 형태로 표현된다 한다. 이시스 신전 주변에는 로마황제 트라야누스정자가 있다. 이것은 이시스 신전이 프톨레마이오스 시대를 거쳐 로마가 이집트를 지배한 사실을 말해 준다. 이집트 전통 신전 양식에 그리스, 로마의 건축 양식까지 볼 수 있는 아주 중요한 신전이다. 로마제국의 국교였던 기독교가 유입이 되어 5세기 필레 신전의 많은 벽화가 훼손 되었다.

미완성 오벨리스크(Unfinished Obelisk)

다음으로 우리가 도착한 곳은 미완성 오벨리스크이다. 여러 나라에 퍼져 있는 거대한 화강암의 오벨리스크를 만들었던 4000년 전의 흔적이 있는 곳이다. 아스완 지역은 현재는 상업지구이지만 고대 이집트에서는 화강암 채석장으로 유명해서 채석장에서 화강암을 잘라 멀리까지 운반하여 피라미드, 신전, 오벨리스크 등의 재료로 사용하였다.

이 미완성 오벨리스크는 암석에서 바로 깎아 만들려 했던 것으로 균열이 생겨서 완성하지 못한 걸로 보이며 거대한 오벨리스크가 어떻게 제작되었는지를 가늠하게 해주는 곳이다. 길이는 42m, 무게가 1200톤으로 추정되며 완성되었다면 현존하는 가장 큰 오벨리스크가 되었을 것이라 한다.

미완성 오벨리스크가 너무 커서 한 사진에 다 담기가 어렵다

아스완 시장(Aswan Souk)

이집트에선 시장을 수크(Souk)라고 한다. 물론 '바자르'라고 해도 영어를 하는 사람들은 알아 듣는다. 기념품을 이곳에서 사면 다른 곳에서보다 더 저렴한 가격에 구매할 수 있으며 품질이 좋은 상품들이 많이 있다. 시장은 가운데 길을 두고 두 군데로 나누어져있는데, 한 쪽은 공산품 위주이고 다른 한쪽은 식료품 위주이다.

이 시장에서도 흥정은 필수이다. 일행 중에 한분이 주인이 100$에 파는 파피루스를 10$에 달라고 했다. 주인이 Are you crazy?를 연발하며 상점에서 못 나가게 막는 와중에도 끝까지 10$를 고집하며 흥정에 성공하는 걸 옆에서 지켜보다가 나도 같은 가격에 하나 샀다. 자유 여행이 처음이라고 말씀하셨지만 상당한 고수의 내공을 가지고 있었다.

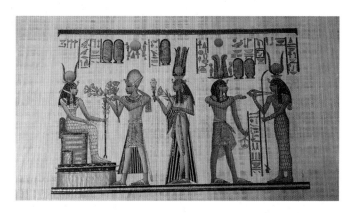

클레오파트라가 차로 마셨던 이집트의 약이라 불리는 '히비스커스 차'는 이 집트 전역을 둘러봐도 여기가 품질이 가장 좋다. 꽃모양 그대로 말린 차를 살 것을 권장한다. 회원님 세 분은 여기서 100g에 5$면 살 수 있는 히비스커스 차를 다른 곳에서 50$나 주고 사오셨다.

아스완 시장에서 추천 품목은 이집트 문양이 들어간 파피루스, 히비스커스, 각종 향신료, 고대 이집트 스타일 기념품(오벨리스크, 호루스 등), 향수, 스카 프 등이 있고, 음식으로는 현지에서 먹을 빵, 채소, 과일, 각종 견과류 등 많은 것들이 있는데 모두 품질과 가격이 좋았다.

 ## 펠루카(Felucca)

숙소 바로 옆 나일강가에는 많이 배들이 정박해 있다. 그중에 펠루카는 옛 날부터 지중해에서 돛이나 노를 사용해 교통수단으로 사용했던 배인데 이집 트에서는 나일강을 오가던 배였다. 오늘날에는 여행객들을 위한 유람선으로 아스완, 룩소르, 카이로의 나일강에서 많이 볼 수 있다. 무동력으로 돛과 바람 의 힘으로 움직이며 노를 움직여서 방향을 잡는다. 나일강을 펠루카로 천천히 다니다 보면 그 경치와 여유로움이 잊을 수 없는 여행 추억이 될 것이다.

요즘은 현지인들도 모터보트를 많이 타라고 권유한다. 우리도 처음에 펠루카를 타기로 했으나 막상 타려고 하니 모터보트로 안내한다. 돛을 펴고 바람에 따라 방향을 바꾸고 하는 일들이 힘이 들기에 그러는게 아닐까 생각해봤다. 더욱이 우리는 사람이 10명이라서 큰 배를 이용하려하니 사공 입장에선 그럴 수도 있겠구나 싶었다. 어찌 되었든 우린 펠루카 경험이 필요했고 펠루카 중에 가장 큰 배를 하나 빌렸다. 사공이 돛을 펴고 방향을 조정하자 펠루카는 바람을 맞으며 나일강을 따라 움직인다.

예약은 강 주변에 배들이 있으므로 거기에서 사공과 흥정을 하면 된다. 가격은 배 한 대를 30$로 예약했다. 하지만 이집션들은 특유의 팁 문화 때문에 내릴 때 팁으로 10~20$ 정도 더 주어야 한다. 안주고 내리려면 사람이 피곤하다. 펠루카에서 맥주도 한잔하면서 이집트 노래를 배워 부르며 흥겨운 시간을 보냈다.

누비안 빌리지(Nubian Village)

　고대 이집트 문명 이전부터 이집트 남부 나일강변에서 살아온 누비아족의 전통마을이다. 아랍인이 이 지방의 흑인을 '놉(Nob)'이라고 불렀다 한다. 놉의 말이 변해서 현재의 '누비안'으로 불린다 한다. 이집트 인종은 크게 보면 누비 안족과 아랍족이다. 누비안족은 이집트의 남쪽 수단에서 이집트로 넘어온 종 족을 말한다. 그래서 누비안족은 피부색이 검다. 아랍족은 피부색이 황색에 가 깝다. 박물관도 있으니 시간이 남으면 한 번쯤 방문해보는 것도 괜찮을 듯하 다.

꿀.팁.정.리

① 기차를 이용해서 아스완으로 이동할 때 일출을 보면 좋다.

② 필레 신전에 들어가기 위해서 배를 이용할 때 흥정을 해야 한다.

③ 펠루카 탑승 전에 흥정을 하고 팁을 따로 줄 것인지

　　분명히 해야 한다.

④ 히비스커스 차는 아스완 시장에서 사는 걸 추천한다.

⑤ 필레신전, 미완성 오벨리스크, 아부 심벨 신전의 입장료는

　　만 30세 미만의 국제학생증을 이용해서

　　반값 할인을 받을 수 있다.

아부 심벨 추천 호텔
나세르호수 선셋 보트 (Nasser Lake Sunset Boat)
라이트 앤 사운드쇼 (Light&Sound Show)
아부 심벨 신전 (Abu Simbel Temple)

Egypt
카이로
Cairo

Egypt
아스완
Aswan

Egypt
아부 심벨
Abu Simbel

Egypt
나일 크루즈
Nile Cruise

Egypt
룩소르 동안
Luxor East Bank

Egypt
룩소르 서안
Luxor West Bank

Egypt
후르가다
Hurghada

ABU SIMBEL
아부 심벨

아부 심벨에서 람세스 2세의 거대 석상을 만나는 방법은 다양하다.
선셋 보트에서 일몰과 함께 어둠 속으로 사라지는 아부 심벨을 감상할 수도,
라이트 앤 사운드 쇼에서 장엄한 음악과 함께
화려한 석상을 바라볼 수도 있다.
아부 심벨에 울려퍼지는 사원의 종소리와 쿠란 읽는 소리를 들으며
밤거리를 자유롭게 걸어 보자.

람세스 2세의 아부 심벨(Abu Simbel Temple)

우리는 아부 심벨 나세르 호수 주변 석양을 보며 자전거를 타고 싶다는 막연한 기대감에 아부 심벨에서 1박 2일을 하기로 하고 시간의 구애를 받지 않고 움직이기 위해 미니 버스를 빌렸다. 대부분의 여행객은 아부 심벨을 1일 투어를 신청하거나 버스를 이용하여 당일 다녀온다. 나는 아부 심벨 라이트앤사운드쇼, 아부 심벨 선셋보트, 아부 심벨 일출의 장관을 보기 위해서 1박을 추천한다. 아스완과 아부 심벨은 다른 도시에 비해 물가가 비싼 편에 속한다.

관광객들은 투어나 택시 또는 미니 버스로 도시 이동시 경찰허가(Police Permit)를 이동 전날 받아야한다. 그래서 모든 이동은 하루 전에 신청이 필수이다. 여권을 카메라로 찍어 핸드폰에 저장해놓고 메신저를 통해 딜러나 여행사에 주면 편리하다. 정기운행 버스는 예약 시 여권 정보가 입력되므로 당일이동이 가능하다. 아스완에서 아부 심벨까지는 4~5시간 정도 소요된다. 차에서 먹을 간식거리를 조금 준비해가면 좋다.

아부 심벨로 가기위해
미니 버스에 짐을 싣고 있다.

🕌 사하라 사막(Sahara Desert)

버스를 타고 한 시간 남짓 달렸을까? 햇볕에 반사된 노란색과 하얀색 중간색의 사막이 보인다. 아스완에서 아부 심벨 가는 길은 사하라 사막을 지나 가야 한다. 사하라 사막은 아프리카 대륙 북부에 있는 사막으로 대서양에서 지중해까지 펼쳐져 있다. 버스를 타고 2시간 좀 넘게 아부 심벨로 가고 있을 즈음에 버스 기사가 손으로 저 멀리를 가르키며 'Mirage(신기루)'를 외친다. 멀리 보이는 곳이 물이 있고 햇볕에 반사가 되어 보였는데, 실제로는 착시 현상이라 한다. 가는 중간에 휴게소에 도착해서 사하라 사막에서 기념 촬영을 했다. 보통 단체 여행객들은 휴게실에 있다가 그냥 가지만 우리 팀이 사진을 찍으니 모두들 나와서 따라 한다.

멀리 신기루가 있는 것처럼 보인다.

그리고 다시 가던 길을 다시 가서 도중에 며칠 전부터 속이 안 좋다던 회원님 한 분께서 응급 상황을 호소하였다. 온통 사막인데 어떻게 해야 할지 난감해하던 차에 검문소가 나타났다. 운전기사에게 여기서 화장실 이용을 할 수 있는지 물어보라 했다. 안 된다면 돈을 주고라도 사용해야 하는데 군인들이 흔쾌히 사용을 허락하여 위기의 순간을 잘 넘겼다. 아마도 한국인 최초로 아부 심벨 군인 검문소 화장실을 이용한 거라 생각한다.

아부 심벨에 도착을 하고 우리는 힐롤 호텔(Hllol Hotel)로 간다.

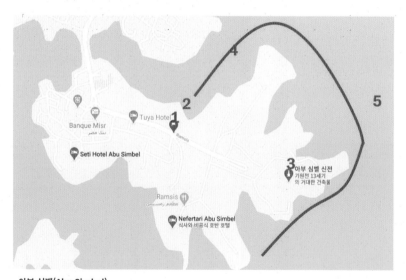

아부 심벨(Abu Simbel)
1. Hllol Hotel(숙소)l 2. Sunset Boat dock 3. Abu Simbei Temple 4. Boat route 5. Nasser Lake

🏨 아부 심벨 추천 호텔

투야 호텔(Tuya Hotel):

아부 심벨 신전을 걸어가기에 아주 좋은 위치에 있다. 아름답게 꾸며진 누비안 스타일의 편안한 침대가 마련되어 있다. 매우 친절하고, 따뜻하고 손님들의 요구 사항을 잘 들어준다. 저녁 식사를 미리 주문하고 가서 먹어도 된다. 정원이 아름답고 차나 커피는 언제나 제공 된다. 아부 심벨은 아무리 가격이 싼 호텔도 2인 1실당 세금 포함 100$ 정도는 지불해야 한다.

힐롤 호텔(Hllol Hotel)

투야 호텔에서 매니저로 있던 오사마(Osama)가 최근에 다른 건물을 사서 새로 리모델링 한 호텔로 깨끗하다. 힐롤은 오사마의 패밀리 네임이라고 한다. 구글에서는 HLLOL HOTEL라고 나와 있으나 실제 도착하니 'NOBALEH RAMSES HOTEL'이라고 되어 있었다. 구글지도 상 아부 심벨 신전이 가까워서 예약을 했었는데 투야 호텔보다는 거리가 약간 더 멀었다. 호텔은 누비안 스타일이고 종업원들이 매우 친절하다.

힐롤 호텔

나세르 호수 선셋 보트 (Nasser Lake Sunset Boat)

2019년 아부 심벨에서 자전거를 빌리려고 하니 자전거 대여소가 없었다. 2020년 여행 전 구글 검색에서 어느 여행객이 보트를 타고 아부 심벨 신전을 보았다고 하길래 구미가 당겨 출발 전 미리 호텔에 전화를 해서 예약을 잡았다. 가격은 20명도 무난하게 탈 수 있는 배 한 대에 인원 상관없이 100$에 계약하였고 선착장은 숙소에서 5분내 거리에 있었다. 오후 5시쯤에 배에 탑승하여 해가 질 무렵에 돌아왔는데 노을에 비친 아름다운 아부 심벨 신전을 호수 한가운데서 볼 수 있었다.

선셋 보트 투어를 마치고 호텔로 돌아올 때 아름다운 아부 심벨 밤거리를 걸으며 노래를 한곡 불러 보면 어떨까? 우리는 비목을 떼창하며 걸었다.

어두워지는 아부 심벨

보트 선착장
해질녘 아부 심벨
어두워진 아부 심벨 거리

🛕 라이트 앤 사운드 쇼(Light & Sound Show)

보트 투어를 마치고 라이트 앤 사운드 쇼를 관람하러 간다. 아부 심벨에 오면 선셋 보트, 라이트 앤 사운드 쇼, 신전 일출을 꼭 해보라고 권하고 싶다. 아부 심벨에서 1박을 하지 않는 대부분의 관광객들을 경험해 볼 수 있는 기회가 없다. 라이트 앤 사운드 쇼 티켓은 호텔 또는 아부 심벨 신전 상점에서 판다. 라이트 앤 사운드 쇼는 보는 집중 조명으로 관람객의 이목을 신전에 집중시킨다. 가격은 2만 5천원 정도로 이집트 물가로는 많이 비싸다. 장엄한 음악과 함께 1시간 정도 진행이 되며 언어는 아랍어이기 때문에 알아들을 수 없는 대신 여러 언어로 된 오디오 가이드를 무료로 대여해 준다. 우리는 영어 오디오 가이드를 빌렸었는데 실력이 딸려서 영어는 들리지 않고 눈앞에 화면에만 집중하게 되었다. 아래 사진 외에 많은 장면들이 연출이 되지만 스마트폰으로 찍은 여러 화면들을 소개해주지 못하는 것이 안타깝다.

🍾 저녁 식사

아부 심벨 갈 때는 아스완 시장에서 그날 저녁 거리들을 장을 봐서 갔다. 아부 심벨은 큰 식당은 없고 호텔에 주문을 하면 저녁을 만들어 주지만 음식의 질에 비해 가격 비싸다. 이날 우리는 한국에서 가져온 라면, 전투식량과 아스완 시장에서 사온 오이, 오렌지. 토마토, 닭튀김 등 여러 가지 음식들을 준비하여 맥주랑 함께 호텔에서 챙겨 먹었다.

🍾 아부 심벨 신전(Abu Simbel Temple)

다음날 아침 새벽 5시에 일어나서 호텔 로비에 준비된 커피를 마시며 동료들이 다 모이길 기다렸다가 새벽 6시 아부 심벨 신전을 가기 위해 길을 나섰다. 동트기 전 나세르 호수의 일출이 장관이며, 아부심벨 신전의 색감 또한 완벽함을 맛보기 위해서 일찍 간다.

아부심벨 신전은 이집트 신왕국 제19왕조 람세스Ⅱ세의 제위 기간 중에 건축된 신전으로 사암층을 뚫어서 만든 암굴 신전이다. 아스완 하이댐 건설로 수몰될 위기에 처해 있던 이 신전은 이집트 정부가 유네스코의 도움을 받아 1964년 공사를 시작해서 1968년 현재의 위치로 이전을 완료했다.

원래 신전의 바위를 20톤 무게 단위로 1만 6천개를 절단하여 210m 뒤쪽, 65m 높은 지금의 위치로 옮겨서 거의 오차없이 다시 짜맞추었는데 자세히 보면 잘라진 면이 보인다.

출처:http://www.narmer.pl/map/abu_simbel_en.htm

출처: https://mashable.com
/2015/05/26/abu-simbel-relocation

복원되는 과정은 출구쪽에 있는 아부심벨 영상관이나 자료관에서 살펴볼 수 있다.

아부 심벨 신전 티켓 오피스에서 필레 신전과 마찬가지로 자체 제작한 국제 신분증으로 할인을 받았다. 그리고 나세르 호수로 가서 해가 뜨기를 기다린다. 많은 사람들이 일출을 보기 위해서 대기해 있으며 해가 떠오르는 일출이 장관 이다. 모두들 새해의 소망을 빌었으리라.

나세로 호수 일출

아부심벨 신전은 대신전과 소신전으로 나누어지는데 대신전은 람세스 2세 (Ramses II) 신전이며 소신전은 왕비 네페르타리(Nefertari)를 위한 신전이다. 대신전은 아래의 도면을 참조하면 이해가 쉽다.

신전 정면에서 도면 'A'의 람세스 2세의 좌상을 바라본다.

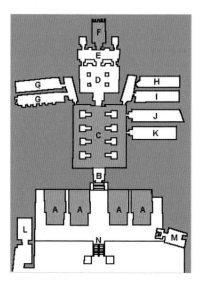

F. 지성소

E. 대기실

D. 작은 열주 홀

G~K. 저장소

C. 하이포스타일(열주) 홀

B. 입구

A.람세스 II 좌상

L~M. 예배실

출처 : https://www.oocities.org/grotto_7/egypt/abusimbel/map.htm

　　대신전 전면은 높이 33m, 폭 38m로 되어 있고 그 앞에 높이 20m의 4개의 람세스 2세 석좌상이 나란히 있다. 네 개의 석상 중 하나는 지진 때문에 머리와 몸체가 부셔졌는데 아마도 복원이 힘든 것 같다. 석상의 가운데는 태양을 상징하는 둥근 원반이 머리에 있는 태양신인 라(Ra)가 있다. 좌상의 무릎과 발사이에는 왕비인 네페르타리와 아들과 딸들을 조각해 놓았다.

　　입구를 통해 안으로 하이포스타일 홀이 나온다. 하이포스타일 홀은 많은 열주(기둥)를 세운 넓고 큰 방을 말한다. 8개의 기둥에 람세스 2세를 오시리스로 조각하여 홀을 떠받치고 있다. 이 홀은 람세스 2세가 많은 전투에서 승리한 장면을 부조로 나타내었다.

대신전 람세스 2세의 전쟁 부조

작은 하이포스타일 홀에 들어가면 분위기가 반전되어 람세스 2세와 왕비 네페르타리가 신에게 예물을 바치는 아름다운 부조가 대부분을 차지한다.

크고 작은 하이포스타일 홀 주변으로 6개의 작은 방이 있는데 왕과 왕비가 신에게 예물을 바치는 부조가 벽면에 가득한 것으로 보아 예물을 보관하는 저장소로 쓰였다고 추측한다. 그리고 제일 안쪽에 지성소가 있다. 지성소에 람세스 2세를 제외한 나머지 세 개의 석상은 고대이집트 신상인데, 신성국가에서 파라오와 신을 동등하게 두어 파라오의 왕권을 강화하는 의미로 만든 것이다.

왼쪽으로부터 프타, 아문, 람세스 2세, 라-호라크티

　대신전을 설계할 때 매년 10월 22일과 2월 22일은 태양빛이 입구를 통해 56m 안쪽에 있는 지성소까지 들어오도록 했다 한다. 앞날은 람세스 2세의 생일이고 뒷날은 파라오로 즉위한 날이다. 아부심벨을 이전한 후에는 빛이 지성소까지 들어오지 않는다. 지금은 인공적으로 전구를 이용하여 빛을 비추어 주고 있다.

　소신전은 람세스 2세 왕비인 네페르타리(Nefertari)를 위해 지은 신전인데 이집트에서는 최초로 왕비를 위해 지은 신전으로 사랑의 여신 하토르(Hathor)에게 봉헌된 신전이라 한다. 고대 이집트에서 하토르는 현세에서 파라오의 어머니 역할을 한다고 믿었다 한다.

소신전 전면에는 10m 높이의 람세스 2세와 네페르타리 석상이 같은 높이로 6개가 서있다. 고대 이집트에서 왕비의 석상의 크기는 왕의 무릎 높이를 넘지 않는다 하는데 어찌된 걸까?

소신전은 입구로 들어가면 작은 규모의 하이포스타일 홀이 한 개 있다. 기둥은 6개이며 하토르 여신이 조각이 되어 있다. 벽면에도 네페르타리와 하토르의 부조가 많이 있다.

하이포스타일 홀을 지나면 또 하나의 방이 나오는데 소의 형상을 한 하토르가 나오는 벽화가 인상적이다. 그리고 제일 안쪽에 지성소가 있다.

아부심벨 신전은 2019년에는 관리인이 내부를 아무 말 없이 지키고 있었는데 2020년 1월에는 관리인도 바뀌고 앙크를 빌려주고 사진을 찍게 하고 1$씩을 달라 한다. 일행이 많으면 1인 1$씩 주지 말고 3명에 1$정도 적절히 주면 된다. 이제 아부 심벨 신전 여행을 마치고 호텔로 돌아가는 길은 상점을 지나가야 한다. 호객행위가 심하지만 스카프의 품질과 가격이 좋아서 여기서 마음에 드는 스카프를 몇 개 샀다. 그리고 정문을 나서니 여행의 즐거움에 고된 줄도 모르고 줄곧 달려왔던 피로함이 몰려오는지 걸어서 가는 게 힘들게 느

아부 심벨 툭툭이

꺼졌다. 뭐 타고 갈만한 것 없나 살피는 중 태국에 툭툭이 같은 것이 있었다. "아저씨 우리 힐롤 호텔까지 좀 데려다 줘!" 운전수가 인원수 상관없이 1대에 50EGP를 부르길래 '그래 당신도 살고 우리도 살고 해야지' 하는 마음으로 깎지 않고 최대한 많이 타고 호텔로 돌아간다.

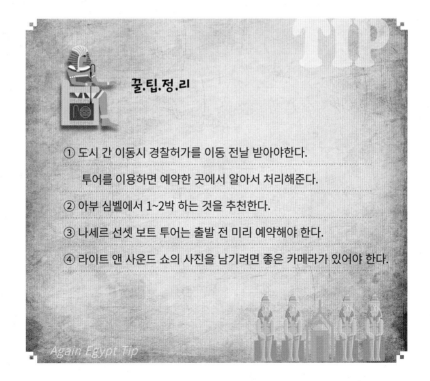

꿀.팁.정.리

① 도시 간 이동시 경찰허가를 이동 전날 받아야한다.

　투어를 이용하면 예약한 곳에서 알아서 처리해준다.

② 아부 심벨에서 1~2박 하는 것을 추천한다.

③ 나세르 선셋 보트 투어는 출발 전 미리 예약해야 한다.

④ 라이트 앤 사운드 쇼의 사진을 남기려면 좋은 카메라가 있어야 한다.

Again Egypt Tip

Egypt
카이로
Cairo

Egypt
아스완
Aswan

Egypt
아부 심벨
Abu Simbel

Egypt
나일 크루즈
Nile Cruise

Egypt
룩소르 동안
Luxor East Bank

Egypt
룩소르 서안
Luxor West Bank

Egypt
후르가다
Hurghada

콤 옴보 신전(Kom Ombo Temple)
에드 푸 신전(Edfu Temple)

NILE CRUISE
나일 크루즈

이집트 여행에서 빼 놓을 수 없는 것은 나일강을 따라 움직이는 크루즈를 타고
온 하늘이 오렌지빛으로 물드는 일몰을 감상하는 시간이다.
이집트는 다른 나라보다 비교적 저렴한 가격에 크루즈를 이용할 수 있다.
크루즈를 타고 가며 강 주변에 살고 있는 이집트인들의 생활상을 살펴보고,
작은 배 위에서 상품을 파는 현지 상인들의 모습도 구경해 보자.
기항지에 내려 방문하는 신전들 또한 크루즈에서 빼놓을 수 없는 즐거움일 것이다.

여유로운 여행 나일 크루즈(Nile Cruise)

아부 심벨에 아쉬운 작별을 하고 5시간을 달려서 아스완에 도착했다. 아스완에서는 룩소르(Luxor)로 가는 나일 크루즈를 탈 수 있기 때문이다. 룩소르는 고대 이집트의 수도로, 이집트의 옛 정취를 느끼고 싶은 여행자라면 꼭 들러야 하는 도시이다. 이 크루즈는 아스완⇌룩소르, 룩소르⇌아스완을 오가며, 보통 3박 4일로 운행된다. 크루즈 여행의 첫 날에 배는 운행하지 않고 아스완 여행을 위해 정박하는데, 우리는 아부 심벨 가기 전날 아스완에서 호텔에 1박을 하여서 크루즈는 2박 3일을 택했다.

예약은 아스완이나 룩소르에서 여행사 혹은 딜러들과 하면 된다. 홈페이지 예약(http://www.egypt-nile-cruise.com/)은 비싸므로 여행사나 딜러를 통한 예약을 권장하며 흥정은 필수이다. 5성급의 디럭스이나 럭셔리을 예약하면 무난하며 같은 배라도 흥정에 따라 가격이 달라진다.

구조는 지하는 식당, 1층은 로비, 2~3층은 객실과 상점, 무대홀, 4층은 수영장과 선베드가 있고 의자들도 배치해 놓았다. 4층 데크에 앉아서 강 바깥을 보면서 나일강의 경치와 이집트 사람들의 삶을 구경하는 재미도 쏠쏠하다.

강을 오가는 크루즈라서 바다 크루즈보다는 규모가 작은 대신 은은한 운치가 있다. 객실은 깔끔하고 2명이 지내기에 아주 좋다. 식사는 1일 3식이 무료

제공되고 식사의 퀄리티도 좋은 편이다. 테이블마다 전담 웨이터가 있어서 팁을 약간 주면 서비스가 좋다. 오후에 무료 다과와 차를 마실 수 있는 티타임이 있고, 저녁에 댄스홀에서 무료 공연이 있다.

크루즈 객실 내부

4층 데크

식당

여유있는 크루즈 여행

나일 크루즈 석양

 크루즈 에피소드

크루즈 석식 시간에 오믈렛 코너에 가서 오믈렛을 2개 시켰다. 그러자 오믈렛을 담당하는 직원이 'Why do you order two omelets?' 이라고 물었다. 내가

'하나는 내 것 하나는 마님 것' 이라고 대답하니 직원이 '네 마님 건 네가 만들어라' 해서 내가 요리사와 함께 오믈렛을 만들었다.

아스완에서 크루즈를 타고 가면서 마지막 날 저녁에 룩소르에서 8km 정도 떨어진 곳에 정박을 했다. 룩소르 신전을 가려고 택시 흥정을 하니 차도 없거니와 너무 비싸게 달라고 해서 그냥 그 근처에서 놀기로 하였다. 그 동네 이집션들이 춥다고 모닥불을 피워 놓아서 우리의 발걸음은 그 모닥불로 향했다. 눈인사도 나누고 통하지 않는 눈짓, 발짓으로 의사소통을 했다. 일행 중 한 분이 모닥불엔 고구마가 최고라면서 고구마 사진을 보여주니 처음 보는지 고개를 절레절레 흔든다.

생일을 맞은 사람이 있으면 생일 축하 공연도 무료로 해준다. 우리팀은 1월에 갔었는데 한 회원님의 생일이 7월이였다. 매니저가 이 회원님의 생일을 1월로 착각을 하고 나에게 귀속말로 그 분이 생일이라고 생일 파티를 할 것이라고 말하였다. 내가 매니저가 가진 프린터물을 보자 하니 JULY로 되어 있는데 JAN으로 착각을 한듯하다. 내가 여행의 즐거움을 위하여 1월 생일이 맞다 했다. 생일 파티를 해준다고 선원들이 케익과 가지고와서 축하 노래를 해주는데 정작 주인공은 뭔지도 모르고 매우 의아해 했다. 그때 내가 사정을 이야기 해주니 이날을 이집트 생일날로 하기로 하고 재미있게 보내고 팁도 두둑히 주었다.^^

오늘 내 생일 아닌데?
나의 이집트 생일은
앞으로 1월이야!

크루즈가 에스나(Esna) 지역을 통과할 때 여기에 댐이 있다. 댐으로 인해 댐의 상부와 하부의 물 높이가 달라졌다. 배가 수위차가 있는 곳을 그대로 지나지 못하므로 배가 지나가려면 물 높이가 같아야 한다. 그래서 '갑문식 독(閘門式 dock)'을 만들어 배를 가둔 다음 위에서 아래로 내려갈 때는 물을 빼서 배를 낮추고 아래에서 위로 올라갈 때는 물을 받아서 배를 높인다. 이 갑문식 독을 통과하는 과정도 재미있지만 배가 속도를 늦추고 물을 빼는 과정에 30분 정도 걸리는데 동네 상인들이 작은 배를 타고 몰려와서 'Hey Sir, Madam one dollar' 하면서 물건을 객실 혹은 4층 데크까지 던져 올린다. 올림픽 선수로 나가도 될 듯 하다. 노력이 가상해서 팁을 조금 넣어서 던져 주었다.

콤 옴보 신전을 다녀온 후 객실로 들어가다가 선원들의 짓궂은 장난에 깜짝 놀랐다. 수건과 휴지 탁자에 올려놓은 내 선글라스로 재미있는 원숭이 모양을 만들어서 놀라게 했다. 식당에서도 여러 가지 모양을 만들어서 재미있게 해주었는데, 속옷은 사이즈가 적으니 내일 더 크게 만들어 준다 해서 많이 웃었다.

크루즈는 아스완에서 룩소르로 2박 3일을 가며 도중에 콤 옴보 신전(Kom Ombo Temple), 에드푸신전(Edfu Temple)에 정박하여 기항지 투어를 할 수 있다.

콤 옴보 신전(Kom Ombo Temple)

크루즈를 타고 점심을 맛있게 먹은 후 4층 데크로 올라가서 선텐도 좀 하고 무료 티타임에 커피와 다과를 먹고 책도 읽으며 여유롭게 보냈다. 해가 저무니 나일강의 일몰이 데크에 있는 모든 이의 마음을 훔치려고 멋있는 장면을 연출하고 있었다. 저녁을 먹고 난 후 얼마 지나지 않아 배가 콤 옴보 신전에 정박을 했다. 콤 옴보 신전 입구는 많은 크루즈 관광객들로 인해 매우 복잡했다.

콤 옴보는 마을 이름이며, 마을 이름을 따서 콤 옴보 신전이라 한다. 필레 신전도 필레 지명을 딴 것이다. 크루즈를 이용하지 않는 여행객은 택시나 다른 이동수단으로도 이동이 가능하다. 선착장 바로 앞에 신전이 있지만 가는 길에 상점들이 즐비하며 호객행위가 극성이다.

필레 신전에서 설명한 프톨레마이오스 시대에 지어진 신전으로 대열주와 탑문이 함께 구조를 이루고 있다. 대열주 위에는 파피루스 꽃모양의 조각이 선명하며 입구가 2개인 탑문 위에는 코브라 상징과 태양신 원반이 있다.

콤 옴보 신전

3천 년 전의 고대 이집트로 들어간다. 어둠 가득한 곳에 조명을 비추어 탑문과 신전의 조각들이 달빛과 어울려 신비감을 자아낸다. 투트모스 3세가 악어 머리를 한 소베크(Sobek)와 매의 머리를 한 호루스(Horus) 신에게 봉헌한 사원이다. 나일강의 악어로 인한 피해가 많아지자 고대 이집트인들이 악어를 신으로 만들고 피해를 줄이고자 신전을 지은 것 같다. 신전 내부는 한때 신전을 교회로 사용했던 콥트인들에 의하여 파손이 심한 편이지만 벽화의 완성도는 뛰어나다.

소베크(Sobek)신이 지켜보는 가운데
파라오가 신들로부터 왕관을 받는 장면

파라오와 호루스신 벽화 부조

　신전 벽에는 신성문자를 새겨 놓은 부조들이 가득하다. 고대 이집트인들이 자신들의 상형문자는 신이 내린 글이라고 생각하여 신성문자라 부른다. 읽을 수 있다면 재미있는 만화를 한편 보는 느낌일 것이다.

　신전 외곽에는 우물처럼 생긴 곳이 있는데 나일로미터(Nilometer)라 하며 나일강의 수위를 재는데 사용 되었다 하는데, 사람이 걸어서 내려갈 수 있는 계단이 있다.

토트(Thoth, 지혜의신)과 호루스(Horus, 이승의 신)이 파라오에게 영원한 생명을 상징하는 앙크()를 부여주고 있다. 신성문자(Hieroglyph, 고대 이집트문자)와 함께 부조되었다.

나일로미터(Nilometer)

파라오 벽화 부조 · 섬세함은 이집트에 있는 신전 중에 제일인 듯 하다.

악어미라

콤 옴보 신전 옆에는 악어로부터 이집트 사람들을 지켜주는 신이자 물을 다스리는 신인 세베크 신과 관련된 악어 박물관이 있으며 악어 미라가 많이 전시되어 있다. 여기 근처에서 악어 미라가 300여개 발견되었고 그중에 일부를 전시해 놓았다. 그 옛날 악어로부터 피해가 많아 악어를 신으로 모신 듯하다.

🚢 에드푸 신전(Edfu Temple)

크루즈는 룩소르를 향해서 간다. 하룻밤을 자고 일어나니 에드푸에 정박을 하여 있다. 오늘의 기항지는 에드푸 신전이다. 에드푸 신전을 가기 위해서는 어마무시한 마부들과 협상을 해야 한다. 마부들이 크루즈와 신전 왕복에 50$를 제시한다. 절대로 가격 협상에서 흔들리지 말고 계속 80EGP (80×80원=6,400원)를 고수하면 된다. 한 마차에 4명이 타면 1인 1,500원에 탈 수 있다. 한 마차에 6명도 탈 수 있다. 마부들은 우리를 실어다주고 다시 돌아와서 다음 크루즈 손님을 태우고 하루에 몇 번씩 승객을 맞이하니 금액을 너무 깎는 게 아닐까? 그런 걱정은 하지 않아도 된다. 마부들은 덩치가 크고 입은 옷이 남루한 데다 얼굴이 검어서 무서워 보이지만 본바탕은 양처럼 순하니 겁먹지 말고 협상만 하면 된다. 협상장은 그야말로 난장판이다.

에드푸신전을 가려면 여기서 마차를 흥정해야 한다.

많은 마부들이 손님을 태워가려고 대기해 있다.

사진처럼 마부 수백 명이 서로 손님을 태워가려고 못 가게 막는다. 용기가 있으면 길을 막는 마부들을 뚫고 걸어서 가도 된다. 약 1.5km를 걸어가면 된다. 11년 전 우리 집 마님은 애들 세 명을 데리고 이 길을 걸어서 갔다는데 어찌 그렇게 용감한지 참으로 불가사의하다.

에드푸 신전은 호루스 신전(Horus Temple)이라고 한다. 호루스 신전을 이

에드푸 신전 입구

매의 형상을한 Horus신이 신전 입구를 지키고 있다

또다른 Horus신이 신전 곳곳에 세워져 있다.

해하기 위해서는 호루스에 얽힌 신화를 먼저 알아야 하는데 필레 신전에 호루스 신화에 얽힌 이야기가 있으니 참조하면 된다. 호루스는 부활의 신 오시리스(Osiris)와 최고의 여성신 이시스(Isis)의 아들이며 사랑과 미의 여신인 하토르(Hathor)의 남편이기도 하다. 오시리스는 동생 세트(Seth)에게 죽임을 당하고 14토막으로 나누어져 이집트 전역에 버려졌다. 이시스는 이집트 전역에 흩어져 있던 남편 오시리스의 시체를 찾아서 소생 시켜 호루스를 잉태하였고, 지혜의 신 토트(Thoth)와 태양신 라(Ra)의 힘을 빌려 호루스를 키웠고 파라오로 만들었다.

어마한 크기의 열주

에드푸 신전의 천정은 모두 다 그을려져 있다. 로마제국이 점령 했을 때 기독교 이외 다른 종교를 탄압할 때 행한 방화의 흔적이라 한다.

호루스 벽화 부조가 많은 벽면을 가득 메우고 있다.

오른쪽부터 파라오, 호루스, 하토르
파라오가 호루스에게 봉헌하고 있다. 호루스와 하토르는 부부이다.
신전 제일 안쪽에는 호루스 신의 성전이 있어서 사람들이 많이 모인다.

신전을 둘러 본 뒤 크루즈로 돌아갈 때는 신전 갈 때 탔던 마차를 타고 가야한다. 눈을 부릅뜨고 같은 마부를 찾아도 그 사람이 그 사람처럼 보인다. 다른 마차를 타고 가면 운임을 더 달라하니 마차번호를 잘 기억해야한다. 이곳의 마부들은 크루즈에서 신전까지 사람을 실어다 주고는 다른 손님을 태우러 다시 크루즈 선착장으로 간다. 여러 손님을 태우다 보니 돌아갈 때 타고 온 마부들이 잘 보이지 않는다. 우리는 마부를 기다리다가 오질 않아서 다른 마차를 타고 갔었는데 가는 도중에 처음 타고 온 마부들 중 한명이 우리를 보았다. 그 마부들 4명은 어느새 크루즈 선착장에 돌아와서는 우리가 내릴 때 왕복을 예약 했으니 돈을 달라고 하였다. 우리는 반만 이용했으니 40EGP를 준다 하였고 그들은 80EGP를 예약 했으니 전액을 다 달라고 하였다. 한참을 실랑이 한 끝에 60EGP로 마무리를 했다. 협상을 끝내고 뒤를 보니 일행들은 무서웠는지 모두들 피하고 없었다. 이런 내용을 미리 알려줄 수 있어서 참 좋은 경험이다.

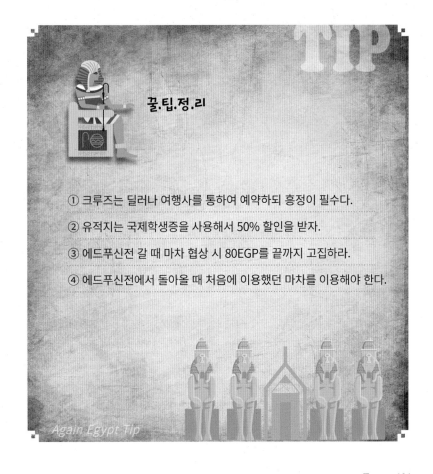

꿀.팁.정.리

① 크루즈는 딜러나 여행사를 통하여 예약하되 흥정이 필수다.

② 유적지는 국제학생증을 사용해서 50% 할인을 받자.

③ 에드푸신전 갈 때 마차 협상 시 80EGP를 끝까지 고집하라.

④ 에드푸신전에서 돌아올 때 처음에 이용했던 마차를 이용해야 한다.

Again Egypt Tip

Egypt
카이로
Cairo

Egypt
아스완
Aswan

Egypt
아부 심벨
Abu Simbel

Egypt
나일 크루즈
Nile Cruise

Egypt
룩소르 동안
Luxor East Bank

Egypt
룩소르 서안
Luxor West Bank

Egypt
후르가다
Hurghada

카르낙 신전(Karnak Temple)
룩소 신전(Luxor Temple)
라완의 집 초대

LUXOR EAST
룩소르 동안

룩소르를 말할 때 흔히 '시간이 멈춘 도시'라고 한다.
그만큼 고대 이집트의 다채로운 유적들이 이곳 룩소에 모여 있다.
룩소르의 사람들은 순수할 뿐만 아니라 생활상 자체가
현대와 과거가 공존하여 보는 재미가 쏠쏠하다.
특히 매력적인 곳은 카르낙 신전과 룩소르 신전인데,
이곳에서는 이집트 신왕조 시대에 룩소르가
수도로 얼마나 번성하였는지를 실감할 수 있다.

Egypt 5

고대 이집트 룩소르 동안(Luxor East Bank)

2박 3일 나일강을 여유롭게 운행하던 크루즈는 룩소르(Luxor)에 도착했다. 룩소르는 고대 이집트의 수도로 1,600년 넘게 번성했다고 한다. 이집트에서 제일 크고 웅장한 신전들이 있고, 파라오들과 왕비, 귀족들의 무덤들이 있다. 룩소르 전역에서 고대 이집트를 확실하게 체험할 수 있다. 이집트 타 도시에 비해 물가가 제일 저렴하다.

옆의 지도에서 보듯이 룩소르는 나일강을 경계선으로 동안(East Bank)과 서안(West Bank)으로 나누어진다. 고대 이집트에서 동안은 사람이 사는 곳이고 신들을 모시는 공간이였다. 서안은 죽어서 들어가는 곳으로 '죽은 자들의 공간'이라 불리며 제사를 지내기 위한 장제전과 파라오들과 왕비, 귀족들이 죽어서 묻혔던 곳이였다. 요즘은 서안에도 호텔 식당이 있으며 집을 두고 거주하는 사람들이 많이 있다.

우리는 크루즈 하선장에서 가까운 파빌리온 윈터 룩소르(Pavillon Winter Luxor) 호텔로 간다.

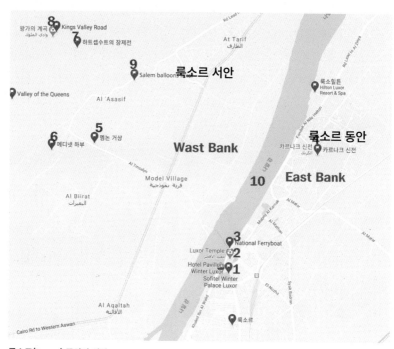

룩소르(Luxor) 동안과 서안
1. Pavillon Winter Luxor(숙소) 2. Luxor Temple 3. National Ferry Boat 4. Karnak Temple
5. Colossi of Memnon 6. Habu Temple 7. Hatshepsut's Mortuary temple
8. Vally of the King 9. Hot Air Balloons Ride 10. Nile river

룩소르 추천 호텔

파빌리온 윈터 룩소르(Pavillon Winter Luxor) 호텔

크루즈 하선 지점에서 300m 정도 걸어서 가면 된다. 룩소르 신전이 바로 옆이며 시내 한 가운데며 어디든지 걸어서 가기 편하다. 가격이 2인 1실 80$ 정도로 착하다. 수백 개의 식물과 꽃이 있는 정원이 인상적이며 정원에서 풍성하고 다양한 아침 식사도 즐길 수 있다. 또한 넓은 수영장을 가지고 있으며 겨울에는 물을 데워 두어서 추운 날에도 수영이 가능하다.

룩소르 힐튼 리조트 앤 스파(Luxor Hilton Resort & Spa)

시내에서 5km정도 떨어져 있어서 조용하며 호캉스 즐기기가 좋다. 숙소에서 바라보는 나일강 뷰가 정말 끝내준다.

이집트 물가로는 비싼 숙소(150$정도)이나 다른 나라 힐튼에 비하면 가성비가 최고이다. 겨울에도 수영장 물을 따뜻하게 데워주어서 수영하기가 좋다. 이집트에 있는 힐튼 호텔 중에 멋있는 경관으로는 탑일 듯 하다. 조식이

파빌리온 윈터 룩소르 보다 다양하고 풍성하다. 카르낙 신전(Karnak Temple)이 가깝다.

 ## 카르낙 신전(Karnak Temple)

　호텔에서 좀 쉬면서 정원에 사진도 찍고 카르낙 신전을 가려고 나섰다. 카르낙 신전은 룩소르 시내로부터 3km 정도 떨어져 있어서 마이크로버스(시내버스)나, 택시, 마차 같은 교통을 이용하면 좋다. 마이크로버스는 20명 남짓 타는 작은 시내버스이다. 호텔 문을 나서면 늘 마부들이 자기 마차를 타고 가자고 말을 걸어온다. 마차는 1대당 왕복 100EGP를 넘지 않도록 흥정한다.

　카르낙 신전을 처음 갔을 때, 멀리 보이는 신전에 흥분이 되어서 따가운 햇볕을 맞으면서도 모두들 씩씩하게 걸어 들어갔다. 한참을 걸어 도착한 입구. 출입문을 지키고 있는 검표원이 표를 달라고 한다. 여기서 표 사는 거 아니야? 그는 히쭉 웃으며 저멀리 우리가 아까 지나왔던 상점 근처를 손으로 가리킨다. 그곳에 매표소가 있다고 한다. 물 먹이는 방법도 여러 가지. ㅎㅎ 결국 갔던 길을 돌아 나와야만 했다.

카르낙 신전은 이집트에 현존하는 신전 중에 규모가 제일 큰 신전으로 이집 트 중왕국에서 신왕국의 여러 파라오를 거쳐 1,600여 년 동안 지어진 건축물 로, 그 크기는 18만 평방미터(54,450평)에 달한다 한다. 관람 시 여유있는 시간 을 가지고 입장하면 좋고 이 신전에 관심이 있다면 미리 공부를 하고 가야 한

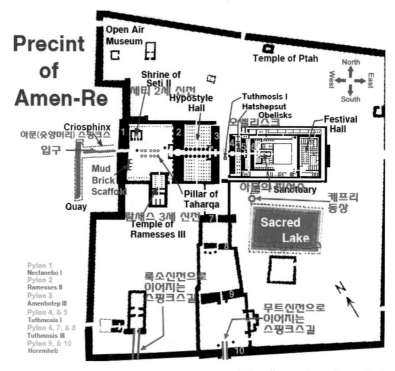

다. 학자들은 백과사전 한권의 분량으로도 설명하기가 모자란다고 한
다. 카르낙 신전은 도면을 참조하면 이해가 쉽다.

카르낙 신전은 숫양형상의 아문(Amun)신에게 봉헌된 신전이며 아
문의 아내 무트(Mut)신전은 카르낙 신전 남쪽에 따로 있으며 복원 공
사가 한창이다. 이제 입구로 들어간다. 출입구 앞쪽에는 숫양의 머리를
한 스핑크스가 도열해 있다. 중앙부 뒤로 겹쳐 보이는 탑문들은 카르낙
신전의 규모를 가늠케 한다. 카르낙 신전은 도면에서 보듯이 10개의
탑문이 있고 건립 연대도 다르다.

　　제 2 탑문을 지나면 엄청난 높이와 크기의 많은 기둥들이 나타나는
데 놀라움의 탄성이 절로 나온다. 세계에서 가장 규모가 큰 '하이포스
타일 홀'이라 한다. 아멘호테프 3세, 람세스 1세, 세티 1세, 그리고 람세
스 2세 등 여러 파라오들을 거치면서 길이 100m, 너비 50m 크기의 홀
이 만들어졌다.

　　열주 위에는 파피루스 꽃문양을 새겨 놓았고, 열주의 갯수는 중앙 통로를 기준으로 양쪽에 67개씩이고 높이가 23m, 둘레는 5m에 이른다. 처음에는 진흙 벽돌로 만들다가 핫셉수트 파라오 때 반영구적인 사암으로 바꾸어서 공사를 하였다고 한다. 그 덕에 유물들이 현재까지 남아서 우리의 눈을 즐겁게 한다. 지붕 석판의 무게는 70톤이 넘는다는데 어떻게 저 무거운 걸 위에 올려 놓을 수 있었을까?

　　제3탑문을 지나면 투트모스1세의 오벨리스크, 제4탑문을 지나면 핫셉수트의 오벨리스크가 나온다.

투트모스 1세의 오벨리스크   핫셉수트의 오벨리스크

　왼쪽은 핫셉수트의 아버지 투트모스 1세의 오벨리스크이고 오른쪽은 핫셉
수트의 오벨리스크다. 투트모스 1세의 오벨리스크는 높이가 23m인데 핫셉수
트는 30m로 아버지보다 더 큰 오벨리스크를 세웠다.

　오벨리스크는 세울 때 쌍으로 세우지만 각각 하나씩 없어졌다. 고대 이집트
의 오벨리스크는 현재 이집트에는 9개가 있고 20개 이상은 프랑스, 터키, 이탈

리아, 미국 등 해외로 반출 되었는데 로마 제국 시기에 로마인들에 의해서 가장 많이 로마로 옮겨 졌다. 일부는 선물로 준 것도 있지만 대부분은 서구 열강에 약탈당했다.

제 5탑문 지나면서 케프리신를 찾는 재미가 있다. 풍뎅이 형상은 이집트 신화의 케프리(Khepri) 신이다. 풍뎅이가 자신의 배설물을 굴리는 모습에서 태양을 돌리는 신의 모습을 연상해서 신격화했다. 우리 팀은 어디서 들었는지 '풍뎅이 한 번 만지고 내 머리 만지고, 이렇게 3번 하면 행운이 온다'는 이야기가 나와서 벽화 케프리 신을 찾아서 세 번 그렇게 했다. 언제부터 사람들이 그렇게 했는지 손때가 많이 묻어 있다.

제6탑문을 지나면 카르낙 신전의 정점인 지성소가 있고 내부는 살짝 볼만
하다. 5탑문 이후부터는 파손의 상태가 많이 심하고 복원도 미미한 상태이다.
지성소를 지나 남쪽으로 내려오면 신성한 호수가 나온다.

근처에 '7바퀴 돌면 소원이 이루어진다'는 뒤뜰의 케프리 동상을 찾아갔는
데 많은 관광객들이 주위를 돌고 있었고 그 무리에 섞여서 우리 팀도 소원을
빌며 7바퀴를 돌았다.

룩소르 신전(Luxor Temple)

카르낙 신전에서 여러 이집트 신들과 놀고 난 후 시내로 돌아가서 룩소르 신전이 보이는 식당에서 저녁을 먹으며 어둑해지길 기다린다.

우리가 찾아간 곳은 'SnacKs' 라는 식당이었는데 깨끗하고 많은 사람들이 있었고 음식 가격이 룩소르 치곤 가격이 쬐매 비싸다. 눈치를 보아하니 내국인과 외국인 메뉴표가 다르다. 밖에서 가격표를 찍어서 안으로 다시 들어가서 '너무 비싼데?'하고 사진을 보여주니 그건 예전 가격표이고 이젠 모든 가격이 인상되었다 한다. 여행을 하다 보면 알고도 속아줄 때가 있다. 종류별로 주문해서 저녁을 먹었다.

룩소르 신전은 야경이 아름다워 야간 관람을 많이 한다고 해서 야간 개장을 기다렸다. 티켓 오피스 찾기가 힘들어 찾는다고 신전을 한 바퀴 돌다가 지쳐서

관람을 포기하는 사람들도 간혹 있다. 룩소르 신전은 밤에 관광객과 관광객을 실어 나르는 마차들과 관광버스로 정신이 없다.

룩소르 신전은 카르낙 신전보다는 규모가 작지만 왕권의 번성을 위해 지어진 신전으로 여러 파라오가 즉위식을 가졌던 곳이다. 기원전 1500년대 파라오였던 아멘호테프 3세가 건립했으나, 기원전 1200년대 파라오였던 람세스 2세가 증축하였다. 그때 람세스 2세 석상과 오벨리스크, 람세스 2세의 신전이 더 만들어져 람세스 2세와 아멘호테프 3세의 공간이 따로 만들어져 있다. 룩소르 신전은 아래 그림을 보고 들어가면 이해하기 쉽다.

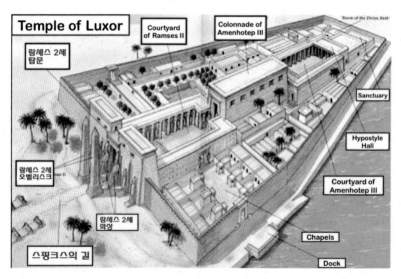

그림출처 : https://traveltoeat.com/evening-at-the-temple-of-luxor-egypt/ 를 수정함

룩소르 신전 입구에 람세스 2세의 좌상이 있다. 우리는 왜 람세스 2세는 좌상이고 다른 파라오는 입상인지 궁금했으나 답을 찾을 수는 없었다. 높이가 24m인 오벨리스크가 2개였으나 오른쪽 오벨리스크는 1830년대 주변국의 복잡한 상황에 처한 이집트가 프랑스에 선물을 하여 파리의 콩코르드 광장에 서 있다. 3천 년이 지난 지금도 인각이 뚜렷하며 오벨리스크 중에 가장 문양이 아름답다 한다. 2개가 함께 있었으면 더 멋있을 듯하다.

람세스 2세 구역에 들어서는 순간 거대한 석상과 수많은 열주들이 우리를 놀라게 한다.

아멘호테프 3세 구역의 수많은 열주

스핑크스 길

　신전 입구 반대편으로 스핑크스 길이 있다. 옛날 룩소르 신전과 카르낙 신전까지가 길이 3km '참배의 길'이란 이름으로 사람들이 다니기 편하게 이어져 있었으나 언제부턴가 중간길이 단절되어 있다가 현재 그 옛길 복원 공사가 한창이다. 사자의 몸에 아몬 신 상징인 숫양머리를 한 스핑크스의 도열 사이를, 그 옛날 파라오들이 행차했을 것이라 상상하니 멋진 장면이 떠오른다.

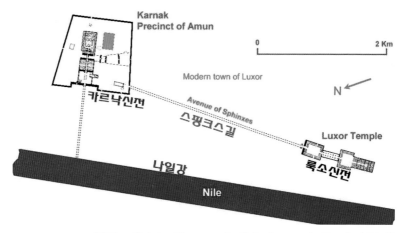

출처 : https://1alexfung.blogspot.com/2016/05/med1999-temple-of-luxor.html 를 수정함

 ## 라완(Rawan)의 집 초대

룩소르 신전을 관람하다가 람세스 2세 구역에서 이집트 대학생 3명을 만났다. 이들은 한국에 대하여 관심이 많아서 이런저런 이야기를 하다가 사진도 같이 찍고 헤어졌다. 30분 뒤쯤 아멘호테프 3세 구역에서 그들을 우연히 또 만났다. 그들은 다른 외국인에게 사진을 찍어 달라고 부탁하고 있었다. '라완' 내가 찍어줄게 하고 다시 만나 반갑다고 이런 저런 이야기를 하다가 다음날 집으로 초대해도 되겠냐는 말에 우린 현지인 집에 갈수 있는 절호의 기회를 얻었다고 생각해서 흔쾌히 OK했다. 우연치고는 이상할 정도로 다음날 왕가의 계곡에서 또 그들을 만났다. 라완의 친구들은 다른 도시에 사는데 룩소에 와서 그들도 여행 중이었다. 또 만났네? 하면서 오늘 저녁에 집에 오란 말을 하고 헤어졌다. 람세스의 인연인가? 저녁에 다시 보게 될 것이니 2일 만에 4번 만나게 되는 것이다.

    초대받은 집으로 가는 길은 골목이 좁고 겉으로 보기에는 작아 보여서 여러
사람이 들어가기가 걱정이 되었으나, 집에 들어서자 예상과 다르게 방은 아주
깨끗하고 넓었다. 가구들이 실용적으로 배치되어 있었고 각자의 방이 있었으
며 손님이 자고 가는 게스트 룸도 있었다.

　라완의 부모님과 가족들을 소개받고 우리 소개를 했다. 라완과 친구들은 대학에서 임상 약학(clinical pharmacy)을 전공하며 2학년이라고 말했다. 한국에 유학을 오고 싶어하며 어떻게 하면 갈 수 있을지 장학금 제도 같은 걸 알아보고 싶다고 했었다. 이런 저런 이야기를 나눈 후에 저녁을 먹기 위해 요리를 하였다. 정성껏 요리한 음식을 내어 왔으며 먹는 법까지 알려주었다. 이집트 가정식은 처음이었지만 전혀 거부감이 들지 않았고 맛도 괜찮았다. 라완의 동생들이 하나 둘씩 오면서 온 가족이 다 모였을 때 기념촬영을 하고 우리가 준비해 갔던 선물을 주었다.

라완과 친구들이 룩소르 시내를 구경시켜 주겠다고 하여서 집을 나와서 마이크로 버스를 타고 시내를 다녔고 쇼핑도 했다.

보통 이슬람 국가의 여성들은 가족 외에 남자들과는 이야기를 나누지 않는 걸로 알고 있었으나 이집트의 젊은 여성들은 생각보다 개방적이고 스스럼없이 대화를 했다. 대화를 하는 도중에 카이로에서 남녀가 자연스럽게 섞여서 물담배를 피는 카페에 대하여 말해주었다. 그러나 룩소에서는 물담배를 피는 카페는 남자들만 출입할 수 있다고 하여 다소 보수적인 룩소의 모습을 엿볼 수 있었다.

꿀·팁·정·리

① 카르낙 신전 갈 때, 마차 또는 택시 흥정 필수이다.

② 카르낙 신전 매표소는 신전 입구 가기 전 상점 입구에 있으니

  거기서 티켓을 구입하고 들어가야 한다.

③ 카르낙 신전은 많이 넓어서 많은 시간을 두고 관람을 하면 좋다.

④ 어두울 때 조명이 비쳐진 룩소르 신전의 색감이 좋아

  야간 관람을 추천한다.

⑤ 룩소르 신전은 입구 찾기가 힘드니

  주변 사람들에게 물어보면 도움이 된다.

Again Egypt Tip

Egypt
카이로
Cairo

Egypt
아스완
Aswan

Egypt
아부 심벨
Abu Simbel

Egypt
나일 크루즈
Nile Cruise

Egypt
룩소르 동안
Luxor East Bank

Egypt
룩소르 서안
Luxor West Bank

Egypt
후르가다
Hurghada

룩소르 추천 호텔
왕가의 계곡(Valley of the Kings)
핫셉수트 장제전(Hatshepsut Temple)
하부 신전(Habu Temple(Medinet Habu Temple))
열기구(Hot Air Balloon)

LUXOR WEST
룩소르 서안

메마른 땅 룩소르 서안을 들어서면
왕, 왕비, 귀족들의 무덤과 장제전들이 유적으로 남아서
여행객들의 호기심을 자극한다.
유적 하나하나에 깃든 과거의 이야기에 귀를 기울이다 보면
어느새 시간이 훌쩍 지나 있을 것이다.
알록달록한 열기구를 타고 하늘에서 바라본 환상적인 일출은
액티비티를 좋아하는 여행객들에게 주는 나일강의 선물이다.

죽은 자의 땅 룩소르 서안(Luxor West Bank)

다음날 우리는 고대 이집트에서는 죽어서 들어갔다는 죽은 자의 땅 룩소르 서안을 간다. 서안으로 가기 위한 방법은 택시, 미니 버스, 미니 보트, 페리로 가는 방법이 있다. 택시와 미니 버스, 미니 보트는 관광객들이 많이 이용한다. 차를 이용하면 강을 건너는 다리를 둘러 가야해서 1시간 이상 걸리는 거리이다. 우리는 자유 여행을 하면서 현지인들이 이용하는 교통편을 가끔 이용해보는걸 즐긴다. 그래서 룩소르 사람들이 대중교통으로 이용하는 페리로 이동했다. 페리는 30분마다 한 대씩 운행이 되며 강을 건너는데 5분정도 걸리고 가격은 편도에 350원 정도이다. 페리를 타면 오히려 우리가 현지인에게 관광 받는 기분을 느낄 수 있다.^^

현지인들이 이용하는 동안과 서안을 오가는 페리

서안 선착장에 도착하면 서안을 다닐 수 있는 차량을 흥정을 해야 한다. 동안에서 미리 예약을 하고 가면 번거로움을 피할 수 있다.

왕가의 계곡(Valley of the Kings)

'왕가의 계곡'이라 불리는 이곳은 투탕카문(Tutankhamun)이나 람세스 (Ramses) 2세를 포함한 많은 파라오들의 무덤이 있는 장소이다. 이 계곡에서 이집트 신왕국 파라오와 왕자의 무덤이 현재 65개 발굴되었고 발굴된 무덤은 순서에 따라 KV(Kings Valley)1~65번 까지 번호를 붙여서 관리하고 있다. 왕의 무덤은 22개인데, 11개가 개방되어 있고 나머지 무덤은 유지 보수 및 다른 이유 등으로 폐쇄되어 있다.

고왕국시대 파라오의 무덤은 피라미드에 있었다. 하지만 피라미드는 눈에 잘 띄어서 도굴로부터 자유롭지 못하여 언제부턴가 무덤으로 보이지 않는 거대한 암석 아래 왕족의 무덤을 세웠다. 하지만 '열 사람이 지켜도 한 도둑놈을 못 막는다'는 말처럼 투탕카문 무덤 외에는 모두 도굴되었다고 한다. 우리는 별도의 비용을 더 내고 투탕카문의 무덤을 찾았다. 무덤에는 그의 미라가 전시되어 있지만 무덤에서 나온 유물은 모두 이집트 박물관에 옮겨가서 기대와는 달리 다른 무덤과 별반 차이가 없다. 왕가의 계곡은 다음 도면과 표를 참조하면 이해가 쉽다.

왕가의 계곡까지 가는 미니 트레인

지금까지 발굴된 무덤 65기의 위치

출처:https://en.wikipedia.org/wiki/List_of_burials_in_the_Valley_of_the_Kings

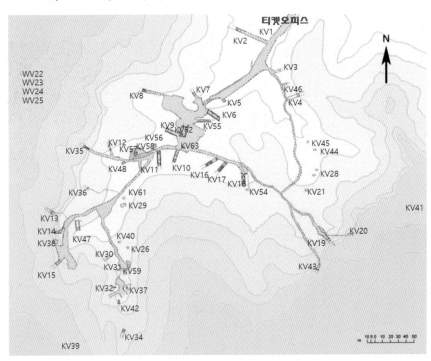

간추린 무덤 번호와 파라오 이름

KV번호	파라오 이름	KV번호	파라오 이름	KV번호	파라오 이름
KV1	람세스 7세	KV11	람세스 3세	KV34	투트모스 3세
KV2	람세스 4세	KV15	세티 2세	KV35	투트모스 2세
KV4	람세스 11세	KV16	람세스 1세	KV38	투트모스 1세
KV6	람세스 9세	KV17	세티 1세	KV43	투트모스 4세
KV7	람세스 2세	KV20	투트모스 1세	KV62	투탕카멘
KV8	메렌프타		핫셉수트 여왕		

왕가의 계곡을 들어간다. 입장료는 240EGP로 무덤 3개를 선택해서 볼 수 있지만 투탕카문 외 몇몇 무덤은 별도의 비용을 더 내고 들어가야 한다. 티켓 오피스(Ticket Office)에서 왕가의 계곡까지는 거리가 멀어서 미니 트레인을 타고 계곡 입구까지 가야한다.

왕가의 계곡 입구에 내리면 걸어서 다녀야 하는데 사막에 돌산이고 건조한 기후라서 많이 피곤하다. 계곡에는 매점이 없으므로 에너지를 보충할 수 있는 간단한 음식이나 물을 준비해가면 좋다.

파라오의 무덤은 파라오의 즉위와 동시에 만들기 시작했다 한다. 300m 두께의 암석을 80m 정도 뚫고 들어가 제일 안쪽에 관을 만들고 방을 만든다. 그리고 관이 있는 방에서부터 무덤에 벽화를 새기는 작업을 시작하여 입구 쪽으로 해나온다. 이 작업은 파라오가 죽기 전까지 이어지는데 그런 이유로 재위기간이 길수록 무덤이 볼 게 많다. 아래 도면을 참조하면 무덤의 구조를 이해하기 쉽다.

KV2(람세스 4세) 무덤 도면

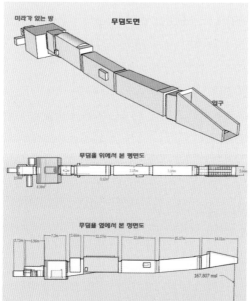

(출처:https://en.wikipedia.org/wiki/KV2)

내부 사진 촬영을 하려면 별도의 티켓을 구매해서 들어가야 한다. 사진 촬영 허가권은 무덤 안에서 사진을 찍고 싶으면 구매해야 한다. 무덤 통로에 정교하고 화려하게 새겨진 벽화는 지금도 고대 이집트인 듯한 분위기를 자아낸다. 무덤에는 미라가 있었는데 발견된 미라는 투탕카문을 제외하고 카이로의 이집트 박물관으로 옮겨져서 전시되고 있다. 2021년에는 투탕카문의 미라도 새로 지어지는 그랜드 이집트 박물관으로 옮겨질 예정이다.

 왕가의 계곡 벽화들

지금으로부터 3천 년 전에 개관한 갤러리로 입장하여 최고의 벽화들을 감상해보면 감탄사에 입이 다물어지지가 않는다.

KV2(람세스 4세) 석관과 벽화

KV2(람세스 4세) 석관

KV2(람세스 4세)
벽화

KV2(람세스 4세)
벽화

KV11(람세스 3세) 벽화

KV15(세티 2세) 벽화

우리가 본 무덤 중에서는 KV2(람세스 4세), KV11(람세스 3세), KV15(세티 2세)의 무덤의 벽화가 좋았다. 선택한 무덤에 따라 무덤 내부와 벽화들이 다른데 학문적 목적으로 방문하는 여행객은 미리 공부를 좀 하고 가면 좋다. 구글에서 'Valley of the Kings'를 검색하면 검색 1순위에 'Valley of the Kings - Wikipedia'가 나온다. 여기에서 현재까지 발굴된 각 무덤의 도면을 비롯하여 모든 정보를 공부할 수 있다. 요즘은 번역이 잘 되어서 공부하기도 좋다.

핫셉수트 장제전(Hatshepsut Temple)

여기도 왕가의 계곡과 마찬가지로 티켓 오피스(Ticket Office)에서 신전 입구까지는 거리가 멀어서 미니트레인을 타고 가야한다.

핫셉수트는 아버지 투트모스 1세와 정실부인 사이에서 태어난 공주였다. 아버지와 후궁 사이에서 태어난 투트모스 2세와 결혼하여 왕비가 되었다. 핫셉수트와 투트모스 2세 사이에는 딸 하나만 있었고, 투트모스 2세와 후궁 사이에 투트모스 3세가 생겼다. 투트모스 2세는 병약하여 일찍 죽었다. 투트모스 3세가 왕위를 계승하지만 나이가 너무 어려서 왕의 역할을 하기엔 너무 어린 나이여서 왕위 계승에 절대적인 영향력을 가진 핫셉수트가 공동 파라오가 되어서 22년 동안 이집트의 파라오가 되었다. 핫셉수트는 이집트의 여성 파라오지만 여성 파라오를 인정하지 않는 그 시대에 어느 남성 파라오보다 더 강한 권한을 가졌다 한다. 파라오에 즉위하여 행사 시에는 가짜 수염까지 붙였다고 한다.

이집트의 모든 왕들은 등극하자마자 무덤이나 자신들의 사후를 위한 장제전을 짓기 시작했다. 장제전은 파라오의 장례식과 사후 의식을 올리는 곳이다. 핫셉

수트의 석관은 왕가의 무덤 KV20에서 아버지 투트모스 1세의 석관과 함께 발견이 되었다. 아버지와 딸이 한 무덤을 같이 썼다고 보여 진다.

이 장제전을 무엇보다도 돋보이게 하는 것은 그 뒤 천연 배경인 바위산이다. 3천이나 이전에 지은 건물이지만 요즘 짓는 현대 건물 같은 느낌이 든다. 핫셉수트 장제전은 3층으로 구성되어 있으며 전체 구조는 아래 도면과 같다.

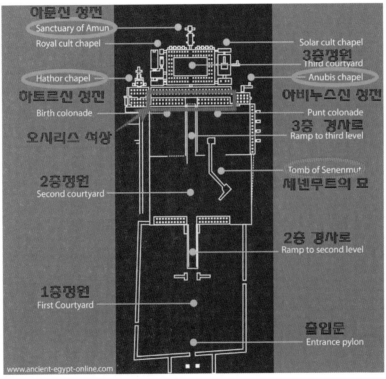

출처 https://www.ancient-egypt-online.com/temple-of-hatshepsut.html 를 수정함

1층은 2층을 올라가는 경사로 아래로 가야하며 벽화는 많이 훼손이 되었다.

2층 정원 오른쪽에는 세넨무트의 묘가 있는데, 이 사람은 핫셉수트의 충신이
며 장제전을 설계한 사람이다. 핫셉수트 여왕이 살아 있을 때 세넨무트의 계획
에 따라 15년간 건축이 되었다 한다. 3층을 경사로를 올라가면 좌우로 13개씩
있었던 오시리스 석상이 많이 파괴되었고 상태가 좋은 것도 몇 개 남아있다.
그리고 이 시기 이집트인들이 주신으로 믿었던 아문신의 성전이 3층 제일 안
쪽에 있다.

오시리스 석상들이 3층 출입구 좌우
로 13개씩 나열되어 있는데 훼손이 많이
되었다.
　아문신 성전은 안으로 들어갈 수 없도
록 막아놓았다.

하부 신전(Habu Temple)

하부 신전은 람세스 3세 장제전이다. 이 신전도 핫셉수트 장제전과 마찬가지로 파라오의 장례식과 의식을 올리는 곳이었다.

하부신전은 탑문과 벽면에 신성문자가 가득 새겨져 있다.

하부 신전 입구에서 보이는 여러 개의 탑문을 보면 규모가 큰 신전임을 알 수 있다.

신성문자와 신의 형상 부조가 아주 깊게 새겨져 있어서 기술의 완성도가 높은 곳이다. 벽화의 색감이 아직도 많이 남아 있어서 구경하는 재미가 있는 신전이며 서안에 있는 여러 신전 중에서 벽화의 보존 상태가 좋은 신전이다. 다만 하이포스타일홀의 기둥은 나일강의 범람으로 기둥의 밑부분만 남아있고 상부는 전부 소실되었다. 정원 오른쪽에는 오시리스 석상들이 서 있는데 거의 다 파괴되었다. 오시리스는 부활의 신인데 종교 간의 갈등으로 이집트 신과 파라오의 부활을 막기 위해서 파괴한 것이라 한다.

천정에 독수리 문양의 벽화

소실된 상부

카이로 편에서 설명 했듯이 장제전은 죽은 파라오의 제를 지내고 사후를 담
당하던 곳이다. 영화 미이라를 생각하고 제사장 '이모텝'과 '아낙수나문'의 이
야기를 찾아보려 했으나 그것은 가상의 이야기 였다.

🎈 열기구(Hot Air Balloon)

열기구는 최소 이틀 전에는 예약을 해야 한다. 예약은 현지 여행사나 딜러를 통해서 하면 된다. 열기구를 타기 위해서는 호텔에서 새벽 5시에 출발하는데 이렇게 일찍 출발하는 이유는 일출을 공중에서 보기 위함이며, 사전 안전교육도 받아야 한다.

미니 보트를 타고 룩소르 동안에서 서안으로 나일강을 건넌다. 배 위에는 차, 커피, 막대 카스테라가 준비 되어 있다. 여기서 차와 간단한 아침을 먹으며 탑승자 명부를 작성하고 열기구의 안전 교육이 실시된다. 안전교육은 영어로 진행이 되지만 약간의 기본 지식만 있으면 어렵지 않다. 안전교육은 바스켓 안에서 점프하지 말고, 팔을 밖으로 내어서 사진을 찍어도 좋으나 몸을 밖으로 기울이지 말라는 그런 내용들이었다.

안전교육을 마치고 우리가 도착했을 때에는 다른 많은 관광객들도 열기구를 타기 위해 모여 있었다.

　풍선에 공기를 주입하는 광경만으로도 현장감이 넘친다. 사진과 직접 눈으로 보는 것은 너무나 다르다는 것이 새삼 느껴진다. 고소공포증으로 걱정하는 사람도 있었지만 바스켓 안에서 공중으로 떠오르니 걱정은 사라지고 하늘을 날며 세상을 볼 수 있다는 설렘에 환성이 절로 나온다. 열기구가 고도를 높이자 해가 떠오르며 나일강이 서서히 모습을 드러낸다. 지상에서 볼 수 없는 환상적인 장면들이 연출된다.

　저 멀리 나일강 위로 서서히 솟아오르는 태양의 장엄한 모습은 가슴 벅찬 감동으로 다가온다.

어제 본 왕가의 계곡과 무덤, 신전들이 까마득하게 성냥갑처럼 작은 모습으로 까마득히 보인다.

즐거웠던 추억을 살아가면서 가끔씩 사진으로 소환하는 것도 여행의 또 다른 즐거움이다.

우리가 탔던 열기구는 한 시간 남짓 공중에서 머물다가 처음에 올랐던 자리와는 다른 곳으로 내려간다. 더 날고 싶은 마음만 굴뚝같다.

열기구가 하강을 시작하고 얼마 지나지 않아 열기구 뒤처리를 도와줄 사람들이 아래에서 손을 흔든다. 우리를 숙소까지 데려다 줄 차량도 함께 대기해 있다.

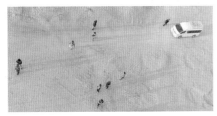

많은 사람들의 노력으로 열기구를 타고 하늘을 날았다. 비록 대가를 지불하고 즐겼지만 우리의 감동을 위해 노력해 준 모든 분들께 감사함을 전한다. 참고로 이분들이 수입이 얼마 되지 않기에 끝나고 난 뒤에 팁을 달라고 하니 즐긴 만큼 알아서 적절히 주면 된다. 우리는 12명이 합 400EGP를 주었다.

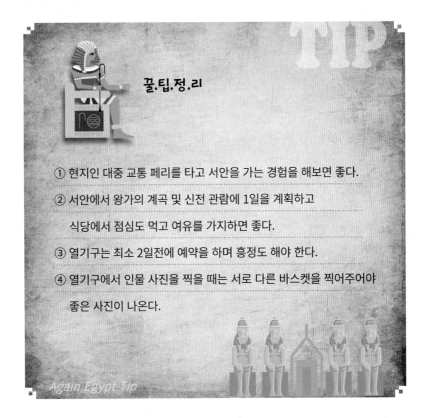

꿀·팁·정·리

① 현지인 대중 교통 페리를 타고 서안을 가는 경험을 해보면 좋다.

② 서안에서 왕가의 계곡 및 신전 관람에 1일을 계획하고 식당에서 점심도 먹고 여유를 가지면 좋다.

③ 열기구는 최소 2일전에 예약을 하며 흥정도 해야 한다.

④ 열기구에서 인물 사진을 찍을 때는 서로 다른 바스켓을 찍어주어야 좋은 사진이 나온다.

Again Egypt Tip

Egypt
카이로
Cairo

Egypt
아스완
Aswan

Egypt
아부 심벨
Abu Simbel

Egypt
나일 크루즈
Nile Cruise

Egypt
룩소르 동안
Luxor East Bank

Egypt
룩소르 서안
Luxor West Bank

Egypt
후르가다
Hurghada

후르가다 추천 호텔
모비 딕 (Moby Dick) 레스토랑
사막 쿼드 바이크 투어
홍해 스노클링
엘 고나(El Gouna)

HURGHADA
후르가다

후르가다는 계획된 휴양 도시로,
이곳에 들어서자마자 멋있고 웅장한 리조트와 고급 상점들이
당신을 맞이할 것이다. 후르가다에서는 사막 쿼드바이크,
모세가 건넜던 홍해에서 스노클링을 즐길 수 있으며,
시내에서는 온갖 종류의 다양한 요리를 맛볼 수 있다.
후르가다에서 20km 떨어진 '엘 고나'는 20여 개의 섬으로 구성된
휴양지 고급 리조트가 즐비한 곳인데, 여기를 방문하는 것도 잊지 말자.

여행 참맛! 후르가다(Hurgada)

룩소르 여행을 마치고 후르가다를 가기 위해 길을 나선다. 후르가다는 휴양 도시로 유럽에서 가까워 유럽인들이 많이 찾는 도시이며 물가가 비싼 곳이다. 홍해를 접하고 있어서 전 세계 많은 다이버들에게 사랑받는 도시인 동시에 사막이 가까이 있어서 사막 투어에도 적합한 장소이다. 룩소에서 후르가다를 가는 방법은 대중교통(GO BUS)을 이용하거나 운전수가 딸린 차를 빌리는 것이 제일 쉽다. 우리는 후르가다로 가는 미니 버스 15인승 한대를 예약했다. 시간은 6시간 정도 걸린다.

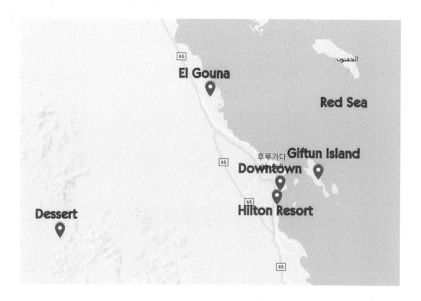

후르가다 추천 호텔

후르가다 힐튼 리조트 (Hurgada Hilton resort)

해변에 위치해 있으며 전용 비치가 있어 수영하기가 좋다. 슬라이드가 많이 있어 물놀이 하면서 동심으로 돌아갈 수 있었다. 수영장 물은 겨울에 따뜻하게 데워준다. 무엇보다 이집트 힐튼 중에 가격이 제일 착하다. 본관과 별관이 분리되어 있고 본관은 사람들이 많고 가격이 조금 비싸고, 별관은 조용하며 가격도 상대적으로 저렴하니 취향에 맞게 예약 한다. 호텔에서 편히 쉬고 싶은 여행객은 조중석식 포함을 예약하면 좋다. 낮에 여행을 즐길 여행객은 조식이나 조석식 포함이 좋을 듯하다.

조식이 포함된 오렌지색 라벨

조식과 석식이 포함된 청색라벨

석식

수영장

전용 비치 | 호텔 로비에서 수피댄스 공연

호텔에서는 매일 저녁 다른 종류의 공연을 무료로 관람할 수 있으며 요일별
로 공연의 종류와 시간이 정해져 있다. 그 중 이집트, 터키 등 중동지역에서 전
통적으로 전해져오는 이슬람교 일파인 수피즘의 종교의식에서 비롯된 춤인
수피댄스 공연도 볼 수 있다.

모비 딕 (Moby Dick) 레스토랑

후르가다 시내는 외국인도 많고 늦은 밤인데도 초저녁처럼 환하다. 모비 딕
식당도 처음에는 자리가 없어서 실외 자리를 추천했으나 밖에서 음식을 시키
고 실내를 둘러보니 자리를 분리해서 앉으면 가능하기에 시원한 실내로 들어
갔다. 이 식당의 추천 메뉴는 낙타고기이다.

낙타 고기

여기서가 아니면 먹어보기 힘든 낙타 고기를 주문했다.

가격은 3만원 정도로 이집트 물가에 비하면 아주 비싼 편이다. 모두들 처음 접하는 낙타고기였지만 소고기 안심처럼 부드럽고 맛도 비슷해서 거부감 없이 먹었다. 제공되는 양은 한국보다 많으므로 2인 1메뉴도 좋을 듯 하다.

사막 쿼드 바이크(Quad Bike) 투어

쿼드 바이크 투어는 최소 하루 전에 신청을 해야 한다. 2019년에는 오전 9시부터 시작해서 점심, 저녁을 제공하는 프로그램 이었으나 2020년 1월에 갔을 때는 11시쯤에 시작해서 저녁만 주는 프로그램으로 변경되었다. 이 프로그램은 배두인 마을에서 낙타 타기가 포함되어 있었다.

사막에서 쿼드 바이크를 타면 모래 바람이 심하여 타기 전에 모두 스카프로 얼굴을 감싸고 탄다. 스카프를 모두 두르니 마치 사막에 사는 배두인족이 된 듯한 느낌이다. 타기 전 필수로 안전교육을 받아야 한다.

차간 거리를 유지하지 않으면 충돌 사고로 다칠 위험이 많기 때문에 서로서로 조심해서 운전해야 한다.

쿼드 바이크를 타고 종류를 바꾸어서 버기카도 탄다. 속도가 빠르므로 조심해서 운전해야 한다. 끝없는 지평선을 보며 쿼드 바이크를 직접 운전하니 마치 사막의 방랑자가 된 듯한 느낌이였다.

중간에 여러 종류의 신기한 사진도 찍는다.

홍해 스노클링(Red Sea Snorkeling)

후르가다에서는 최소 3박을 권유하며 투어는 하루에 하나씩 해야 여
유롭고 좋다. 홍해 스노클링을 위해 호텔 타월을 준비해가면 좋다. 투어
에 점심이 제공된다. 보통 아침에 7시 이전에 출발하나 우리는 보트 하
나를 빌려서 우리가 편한 시간에 가기로 해서 8시 30분쯤에 출발했다.

닻 내릴 준비를 한다.

돌고래가 모여 들었다.

홍해 한 가운데로 나아가면서 돌고래를 보고 싶은 마음이 한껏 커졌
을 때 이집트 젊은 선원이 '휘이익, 휘이익' 하면서 돌고래를 부르기 시
작했고 마침 한 무리의 돌고래떼가 몰려왔다. 우리는 참 운이 좋다는 생
각으로 돌고래를 보고 바다에 뛰어 들었지만 그새 돌고래는 사라지고
없었다. 약간은 아쉬웠지만 홍해 바다의 알록달록한 열대어들과 함께 스
노클링을 즐겼다.

안전 요원이 많아서 수영을 못하는 사람도 구명조끼에 구명 튜브를 잡고 용기 내어 홍해 바다에 들어갔다.

스노클링이 끝나고 배에 올라오니 맛있는 음식 냄새가 났다. 알고보니 선장과 선원이 미리 재료를 준비해 와 직접 요리를 해서 맛있는 점심을 제공한다. 각자 접시에 들어 갑판에 나가 홍해를 바라보며 먹는 점심이 얼마나 맛있는지 그야말로 꿀맛이다.

점심 식사 후 바다 낚시를 하기로 했다. 물이 얼마나 맑은지 바다 밑이 훤히 보여서 물고기가 밑밥을 무는 게 보일 정도이다. 고기를 잡은 사람은 흥분하여 환호성을 지르며 '잡았다'를 연거푸 외친다. 낚시는 처음이지만 손맛이 기막히다고 하면서 계속 낚시를 한다.

낚시도 어느 정도 하고 돌아 가려니 친절한 선장과 선원들이 간식을
제공한다. 참 정성스럽고 친절한 이집트인들이다.

어스름해지자 우리는 한명씩 돌아가며 보트를 운전을 하여 호텔로 돌
아간다. 홍해의 석양이 더욱 붉다.

🌴 엘 고나(El Gouna)

엘 고나는 계획된 휴양도시로 여행객들이 고급스러운 리조트에 휴양
을 하거나 골프여행을 목적으로 들러는 곳이다. 후르가다에서 30km 정
도 떨어져 있으며 카이로로 가는 길에 있어서 카이로로 가는 여정에 포
함시키면 좋다. 엘 고나에 들어갈 때는 검문소를 거쳐야하며, 들어가서
도 이동할 때 검문을 거쳐야 하는 곳이 있다.

El Gouna 휴양지 입구에 휴양지임을 알리는 표석

엘 고나 방문에서 파노라마타워 방문은 필수이다. 여기서 엘 고나의 전경을
가장 잘 볼 수 있다.

파노라마 타워에서 바라보는 엘 고나 전경

파노라마 타워

엘 고나 식당들

바다에 접한 엘 고나 숙소들

　개인 요트를 가지고 홍해를 즐기고 골프도 치는 여행객들이 많다. 럭셔리한 리조트와 파란바다, 초록 잔디와 야자수가 어우러져 무척이나 아름답다.

　골프장 내에 있는 선베드에서 휴식도 좀 취하고 카이로로 가기로 했다. 카이로 가는데는 6시간이 걸린다.

　후르가다에서 카이로로 가는 방법은 대중교통 GOBUS(고속버스), 미니 버스렌트, 그리고 비행기 3가지이다. 우리는 미니 버스로 이동도 해봤고, 고속버스로 이동도 해봤다. 둘 다 만족도는 높은 편이니 어느 것을 선택해도 괜찮다. 몇 번 말했지만 이집트에서는 외국인이 도시 간 이동 시 경찰 허가를 받아야 한다. 미니 버스로 움직이려면 그 전날 예약을 하고 경찰 허가를 받아야 한다. 당일 갑자기 이동하려면 대중교통을 이용하면 된다. 이집트 전역 어디든지 갈 수 있는 고버스는 (https://go-bus.com/)에서 인터넷 예매가 가능하다.

고속버스 이동시 2층 버스인데 영화도 있고
승무원이 커피도 판매한다.

미니 버스 이동시 하루 전 경찰허가 받아야 한다.
가는 길에 깨끗한 휴게소 자파나라(ZAFANARA)에서
점심도 먹고 쉬면 좋다.

　이렇게 카이로에 다시 가서 1박을 하며 계획된 일정(카이로 편에 소개된 일정)을 마치고 귀국 하는 날 식당에서 저녁을 먹으며 여유 있는 시간을 보낸다. 여기서 일행들은 여행하는 동안 기억에 남는 여행 추억을 만들어준 서로에게 감사했던 마음을 전한다.

　준비한 만큼 좋은 추억이 남는다. 이렇게 모든 일정을 마치고 귀국하는 여정으로 이집트 여행이 끝났다. 우리는 막연히 책에서만 보던 피라미드와 신전을 생각하고 이집트에 왔다. 그러나 화려한 문명을 이룩했던 상상에 비하여 현재의 이집트인들의 생활상은 대부분이 가난하고, 살아가는 상황이 열악한 듯 했다. 관광객들 주위에는 친절을 베풀며 팁을 원하는 사람들이 많이 따라 다녔지만, 그들의 덕택으로 사전에 알지 못한 여행지 정보도 많이 얻었다. 이렇듯 일행들은 이집트 여행에서 현재 한국의 삶과는 생활 방식이 전혀 다른 세상을 만났다.

이집트 두 번째 여행에서 경비가 더 들었다. 그들의 생활상을 알기에 팁을 더 많이 주고 싶었고 그만큼 도움도 받으면 된다고 생각했다. 약간의 비용을 지불한 만큼 우리의 여행을 풍성하게 하고 그들의 삶에 도움이 되면 서로 좋은 것 아닐까?

나는 회원님들에게 자유 여행은 관광+숙박+음식+여유+액티비티를 골고루 고려한 여행을 추천하는데 이집트 여행은 그 모든 것을 다른 국가에 비하여 저렴한 비용으로 여행하기에 가장 적합한 여행지이다. 우리는 신전과 피라미드를 관광하고, 좋은 호텔에서 휴식을 보내며, 새로운 음식도 맛보고, 크루즈를 타고 낭만을 즐겼으며, 여러 가지 체험 투어를 하였다. 다른 나라 여행을 많이 하신 회원님들께서 '이제껏 많은 여행을 해보았지만 이런 여행이 딱 내 스타일인 것 같다'는 말씀을 여러 번 하셨다.

우리의 이집트 여행은 피라미드와 신전의 감동도 중요하지만, 현지인들과 교감하며 낯선 환경에 직접 부딪히며 실수도 해보면서 자신을 한번 되돌아보는 여행이었다. 이집트 여행은 우리가 이제껏 알고 있던 여행지도 밖의 세상과 만나보는 여행이었으며, 일상 속에서 무료함을 느낄 때, 자주 소환하고 싶은 기억으로 남겨두고 싶다.

Egypt

못다 한 이야기

 공항에서

　카이로에 도착하여 시내를 나가려고 공항 픽업서비스를 신청하니 안내원이 차타는 곳을 가르쳐 준다며 따라오라 한다. 타고 갈 미니 버스를 기다리는데 그 안내원이 손가락을 비비며 '박시시' 한다. 이처럼 이집트는 팁 문화가 보편적으로 퍼져 있으니 미리 잔돈을 준비해 두면 돌발 상황에 대처할 수 있다.

 벨라루나(Bella Luna) 호텔

　2019년 카이로에서 아스완 출발 크루즈 출발 날짜를 맞추기 위하여 벨라루나(Bella Luna) 호텔을 예약했다. 1박을 하지 않고 열차 시간에 맞춰 낮 시간을 보내기 위한 적당한 장소가 필요했다. 잠시 짐도 맡기고 장시간 비행의 여

엘리베이터 통로가 개방되어 있는 벨라루나 호텔

독도 풀기 위해 줄지어 걸어 들어가던 호텔 건물 1층 쓰레기가 잔뜩 쌓여 있었다. 우리가 길을 잘못 든 게 아닌가 싶어 놀라서 돌아 나올 뻔했다. 게다가 엘리베이터는 정말 가관이었다. '이게 움직이기나 하나?' 싶을 정도여서 무겁지만 짐을 들고 호텔 입구 5층까지 걸어서 올라간 사람들도 있었다. 하지만 호텔 내부는 예상보다 깨끗했고 카펫이 가지런히 놓인 마루와 정돈된 침대는 잠시 쉬어가기에는 손색이 없었다. 가격은 우리 돈으로 2만원 정도로 저렴했다.

 GAD

개드는 이집트의 대표적인 패스트푸드점이다. 여기에서 여러 가지 음식을 시켜 먹고 돈을 지불하려고 하니 종업원이 나보고 부자라며 같이 사진을 찍자고 했다.

람세스역 가는 여정

벨라루나 호텔에서 저녁 때 람세스역에 가려고 호텔에 차량을 한 대 예약을 부탁했다. 호텔에서는 차량 가격이 비싸고 목적지가 멀지 않으니 걸어서 가라고 했다. 시간이 얼마나 걸리나 물어보니 15분이면 된다고 했다. 15분 정도 걷는다는 건 카이로 사람들에겐 당연한 일상인가 보다. 캐리어도 있고 낯선 길을 걸어야 해서 우리는 3명씩 조를 짜서 택시를 탔기로 했다. 람세스역에서 만나기로 하고 모두들 차도로 나와서 택시를 탔다. 어떤 기사는 타기 전에 50EGP를 달라고 했지만, 어떤 기사는 미터로 가서 20EGP로 목적지에 도착할 수 있었다. 여행에 요령이 필요한 대목이다.

2019년 7월 이집트 정부에서 기름 값을 20% 올렸고, 환율도 10% 정도 올라서 물가가 이전 같지 않다. 지금은 그 가격으로는 흥정이 어렵다.

〰️ 기자역

일행들이 기차 시간보다 일찍 도착하였다. 우리는 뭘 할까? 고민하다가 주변의 이집트 사람들과 신발로 물병을 넘어뜨리면 1$를 가져가는 게임을 하였다. 그런데 얼마 지나지 않아서 하려는 사람들이 너무 많이 모여들어서 게임을 종료하였다.

아스완 Hapi 호텔 점심

아스완 Hapi 호텔에서 점심을 먹기로 하고 코샤리를 예약했었다. 나오는 양을 보니 도저히 혼자서는 먹을 수 없을 정도여서 모두들 놀랐다. 주방장은 자신이 베스트쿠커(Bestcooker)라 하며 자부심이 대단했지만 우리 일행은 식성에 맞지 않는지 차린 음식을 채 반도 다 먹지 못했다. 눈치가 보일 것 같아 나중에 먹겠다고 하면서 남은 것을 포장해 달라고 했다.

Hapi 호텔에서 본 나일강 전경

〰️ 아스완 환전

아스완에서 여행비를 환전하려고 은행에 갔더니 일요일이라서 전부 문을 닫았다. 한 남자가 다가와서 뭘 하려는지 묻는다. 환전을 해야 한다고 하니 따라오라 했다. 얼마 안 가니 금은방 같은 곳으로 가서 환전을 하는 곳이라고 한다. 환전은 은행 시세대로 받았는데 그 안내해준 아저씨가 '박시시' 그런다. 이렇듯 팁을 생각하고 도움을 주기 때문에 팁은 항상 염두에 두고 있어야 한다.

〰️ 아스완 맥주

아스완에서 아부 심벨 갈 때, 차량 안 냉장고를 보니 맥주가 있었다. 시원하기도 하고 해서 일행들이 별생각 없이 꺼내서 먹었다. 다음날 아스완에 돌아와서도 맥주 파는 곳이 없어서 딜러에게 맥주 20캔을 더 사달라고 해서 합 45캔을 먹었다. 크루즈를 타려 하니 맥주 값을 엄청나게 요구했다. 그렇게는 줄 수 없다고 하고 크루즈를 타고 룩소르로 출발했는데 룩소에 도착하니 문자가 와서 1병 50EGP(4천원)해서 전체 2250EGP(18만원) 달라고 한다. 우리는 룩소르에서는 맥주가 15EGP라고 말했다. 그는 아스완에서 먹은 맥주는 큰 맥주이고 아스완은 맥주 값이 비싸다고 떼를 썼다. 맥주 값을 얼마를 줄 것인가를 흥정하다가 1350EGP(11만원) 합의를 보았다. 룩소르에 사는 딜러의 친구가 와서 받아갔다.

〰 후르가다 가는 길

후르가다로 가는 중간에 휴게소에 들르면 배두인족을 만날 수 있다. 그들은 두건을 쓴 채, 까만 눈만 내어놓고 있었고 작은 강아지를 안고 지나가는 손님들과 사진을 찍었다. 물론 팁을 요구하는 것은 말할 것도 없다. 물자가 부족한지 뭐가 주면 다 받아서 주머니에 넣었다. 기사를 말로는 물병에 물이 남은 채로 길가에 던지면 배두인족이 가져가서 먹는다 했다.

〰 후르가다 힐튼 리조트 팁

후르가다 힐튼 리조트에서 퇴실할 때 내가 체크아웃을 하러 갔었는데 일행들이 벨보이가 짐 들어주었다고 1인 5EGP원 정도의 금액을 주었다. 내가 체크아웃을 끝내고 나오니 벨보이가 이게 뭐냐? 돈이 적다고 나에게 굳은 표정으로 불평했다. 내가 팁을 좀 더 챙겨주었는데 고급 호텔에서는 가급적 10EGP 정도면 좋을 것 같다.

후르가다 **Coffee station**

후르가다 시내에 재래시장(old souk)에 갔다가 2년 연속 들렀던 집이다. 2019년도에는 이집트 전통양식이었는데 2020년에는 주인도 바뀌고 새롭게 단장했다. 여러 가지 커피 종류가 많아서 방문했었다. 2020년에 방문을 하여 2019년에도 왔었다 하고 작년 사진을 보여주니 우리 커피 집을 다시 찾아주어서 오늘 커피는 전부 무료라고 한다.^^ 여러 종류의 커피를 시켜먹고 나갈 때 '무료 아닌가?'했더니 계산 안하나 싶어서 인상을 내리꽂는다. 야 인마 믿지도 않았어. 준다.ㅎㅎ 들어갈 때 표정이랑 나갈 때 표정이 이렇게 다르다. 무료라고 한다고 이집트에선 절대로 그 말을 믿으면 안된다. 커피 맛은 좋았다.

무료 아닌가 했더니 굳은 표정

반가워하며 무료라고 기념촬영

〰️ 엘 고나

엘 고나를 갈 적에 미니 버스를 빌렸는데 운전수가 걸작이다. 이 사람은 우리가 사진을 찍으면 본인이 무조건 주인공 자리에 선다. 그리고 보는 여성들마다 같이 사진을 찍자고 한다. 점심도 자기가 아는 식당에서 먹자고 한다. 게다가 여기저기 많은 곳을 가지 않겠느냐 묻는다. 이집트를 처음 여행하시는 분들은 이집트 상술에 주의하면 좋겠다.

〰️ 비행기 놓친 일

모스크바 경유 러시아 항공을 이용했다. 마일리지를 대한항공으로 적립이 가능해서 이용했는데 귀국 시 모스크바에서 13시간 정도를 머무르기에 모스크바 구경하기가 안성맞춤이다. 돌아올 때 공항에서 쇼핑에 정신이 없어서 일행 몇 분이 비행기를 놓치는 바람에 급하게 공항에서 다음날 비행기를 검색해 보았다. 핀에어가 가격이 좋아서 예약하고 공항 밖에서 편하게 자려고 공항을 되돌아 나와서 공항에서 숙소에 가는 과정이 참 좋은 경험이어서 소개한다.

모스크바 공항에서 공항 직원이 어디로 갈건 지 묻다가 출구 바로 앞에 있는 택시를 안내한다. 공항 직원이 안내한 택시를 타고 예약한 숙소로 가려고 짐도 실었다. 출발 전 의심이 생겨서 가격을 물어보니 환차손 고려해서 대략 우리 돈 6만원 정도 이야기 한다. 할인을 해 달라 하니 5만원 정도 해주겠다 한다. 일행들 모두들 내리라 하고 짐도 다 내렸다. 공항 주차장 쪽으로 가다가 택시들이 몇 대 서 있기에 얀텍스(중앙아시아 및 러시아에서 많이 사용되는 공유차량 서비스 앱, 우버와 비슷) 가격을 하기로 하고 택시를 탔다.

하루 잠만 잘 것이라 가격이 저렴한 호텔을 예약을 하다 보니 호텔의 위치가 조금 구석 이었고 밤이라서 컴컴함이 더 했다. 모두들 겁먹었다. 도착하니 한 대당 6만원 정도를 달라한다. 내가 타기 전에 얀텍스 가격으로 하기로 했고 1대당 1만원 정도를 주겠다고 하였다. 그들은 호텔에 가서 물어보라 여긴 가격이 원래 이렇다고 계속 압박하였다. 그렇게 실랑이를 하다가 내가 마지막 협상이라 생각하고 폰을 꺼내어서 '경찰을 부르겠다' 하였다. 그 말을 하는 순간 그들은 '오케이' 하면서 1대당 1만원 정도의 돈을 받고 갔다. 사실 모스크바는 12시간 정도 경유라서 유심을 따로 하지 않고 한국에 1일 데이터 무제한을 신청하여 사용했기 때문에 전화는 되지 않는 상황이었는데 내가 뻥을 좀 쳤다. 호텔에서 그 이야길 다시하며 껄껄 웃고 저녁도 먹고 맥주도 한잔 하고 다음날 모스크바 공항으로 가서 헬싱키를 거쳐 한국으로 왔다.

이집트 여행 참가자 후기

김명자님(2019년 참가)

　새해 첫 날 집을 나서서 23일 새벽 1시에 귀가, '선생님 배낭여행'과의 인연으로 이집트~터키 여행을 잘 마쳤습니다. 제게는 참으로 특별했던 여행! 처음 경험해 보는 것이 많았던 여행! 2년 전 건강상의 문제로 명퇴까지 하고 잘 걷지 못하던 때도 있었는데, 그래서 더 감사하고 고마운 여행이었습니다. 특히 이집트 자유여행은 저 혼자서는 꿈도 못 꿀 일.

　이집트. 그들의 조상은 참 막강하고도 막강했습니다. 말로 표현할 수 없을 만큼. 다들 책에서 사진으로 영상으로 보았던 그 피라미드, 신전들, 석상들, 무덤들... 정말 놀랠 '노'자. 그러나 저는 이런 순간들에 더 좋아 어쩔줄 모르고 감사하고, 또 옛사랑이 생각나서 눈물 찔끔하기도 하고 그랬지요.

　카이로에서 밤기차타고 아스완 가다가 만난 일출 / 아스완에서 룩소르까지 나일강 크루즈 침대에 누워 배창으로 보이는 풍경들 / 열기구 타기. 풍선의 크기에 놀라고 이뻐서 놀라, 내려다 본 세상이 아름다워서 / 룩소르에서 후루가다 가는 길, 끝없이 이어지는 사막, 밤이 되니 별들이... / 이루 다 열거할 수가 없네요. 그래도 홍해에서 스노클링, 낚시한 게 제일 뿌듯합니

다. 사막에서 커드바이크 탄 것도. 처음 본 바닷 속! 감동! 감동! 경험 많은 분들은 "그까꼬 뭔 호들갑인고?" 하실지 모르지만, '동해'가 아닌 홍해에서 물고기 두 마리 잡았다 아닙니까? 낚시광 성당 친구에게 자랑했더니 소질 인정한다고, 앞으로 취미를 낚시로 할까? 합니다. 반찬거리도 생기고, 가정 경제에 도움이 되것지요.

이 모든 순간들이 막강밴드 막강 대장샘 덕분입니다. (앞으로도 친하게 지냅시다요) 함께한 이집트-터키팀 회원님들 덕분이고요. 수많은 미이라를 보고, 왕들의 무덤속을 거닐며 늙고 병들고 떠나는 일에 대해 생각이 많았습니다. 결론은? '지금을 잘 살자!' 터키 자랑도 참 할 말이 많지만 여기서 이만 총총...

이번 여행으로 에너지 충전되어 새로운 맴으로 그 과로사 한다는 백수의 일상을 다시 시작합니다. 여행 전 보다 더 아름답게!

유상민님(2019년 참가)

물을 갈아 먹으면 꼭 배탈이라는 통과 의례를 거쳐야 하는 나는 아스완에서 아부 심벨로 가는 사하라 사막의 도로 위에서 큰일(?)을 치를 뻔했다. 몇 시간을 달려도 휴게소 하나 보이지 않는 황량한 사막. 고도의 마인드 컨트롤과 복식 호흡으로 위기의 순간들을 넘겼다. 인고의 시간을 감내해 도착한 곳. 총을 들고 늘어선 이집트 군인-동네 마음씨 착한 아저씨들로 보임-들이 검문소 화장실을 선선히 내어주었다. 무장 군인이 늘어선 이집트 검문소 화장실을 경험해 보는 유일한 한국인이 탄생하는 순간이다.^^.

아스완 필레 신전 매표소에서, 줄지어 선 관람객 행렬에 한눈을 팔다가 막강 대장님의 휴대폰을 건드려 액정을 부숴 먹었다. 대장의 휴대폰은 여행의 진행을 위해서 꼭 필요한 필수품이라서 간담이 서늘했다. 다행히 통화에는 지장이 없는 터라 한숨을 돌렸지만 이렇게 자유 여행에는 자유로운 만큼의, 예상하지 못한 위험에 맞닥뜨리는 일도 적지 않다.

룩소르의 하늘에서 마주하는 장쾌한 일출, 나일강 크루즈에서 영접하는 환상적인 일몰! 저녁 짓는 연기가 희미하게 내려앉은 마을에 잔잔하게 울려 퍼지는 사원의 종소리와 쿠란을 읽는 누군가의 목소리! 이처럼 이집트 자유 여행의 기억은 평소 둔감했던 나의 감각을 일깨우며 추억의 책갈피에 고스란히 놓여 있다.

크루즈 기항지에서 만난 이집트 할아버지의 선한 눈망울이 떠오른다. 정작 자신은 맨발이면서도 모닥불 옆으로 우리를 인도했다. 말이 없어도 통하는 따뜻한 정을 느낄 수 있는 순간이었다. 이처럼 자유 여행은 정형화되지 않은 방식으로 우리에게 새로운 경험을 안겨 준다. 물론 번거롭고 갑작스러운 순간은 예고 없이 찾아오지만, 이런 경험들이야말로 우리 삶을 조금씩 넓혀 준다는 것을 깨닫게 된다.

문주호님(2020년 참가 어게인 이집트 1)

2020년 1월 초, 람세스(Ramesses the Great), 모세(Moses) 등 책에서나 접했던 상상 속의 역사를 직접 경험하게 되었다.

선생님 배낭여행에 가입해서 눈팅만 하다가 버킷리스트(bucket list) 중에 하나인 이집트 여행에 참가하였다.

아무도 일면일식(一面一識)이 없지만, 밴드 상에서 자주 보아 온 선생님들과 만난다는 것만으로도 흥분되고 긴장되었다. 개인적으로는 11월 교직원 배구시합에서 다쳐서 허리디스크로 고생하고 있었지만, 포기할 수 없기에 무작정 출발했다. 인천공항에서의 어색한 만남, 차츰 익숙해지는 얼굴들, 심지어 모스크바를 경우하여 오고 가는 장장 10시간 이상의 비행기안에서 설레임과 아쉬움으로 인해 잠을 이룰 수가 없었다.

그렇게 시작한 여행은 13박 14일의 여정에 더하기 모스크바까지의 헤프닝 (비행기를 놓침)으로 보너스의 1일을 더 보내고 잘 마무리 되었다. 무엇보다도 최돈근 대장과의 만남과 밤새 나누었던 많은 이야기들 속에서 도원결의(桃園結義) 전에 장비와 관우가 만나 우의를 나눈것처럼 소울(soul)형제를 만났다는 게 기뻤다.

자유여행이면서도 럭셔리한 일정은 이집트 현지에서 만난 다른 한국 단체 여행객들의 부러움을 샀다. 지금까지 빡빡한 일정으로 많은 것을 보는데 지친 나에게는 힐링과 인생의 관점을 바꾸는 좋은 계기가 된 듯 하다.

50을 바라보는 나이에 가장 막내(대학생을 빼고)로 여행을 해 보는 기쁨도 누렸다. 집필자가 14일간의 재미있는 이집트여행 에피소드를 잘 풀어놓았으리라 생각하면서 그 한 부분에 내가 조연으로 참여했다는데 자부심을 느낀다. 앞으로도 매년 살아있고, 노하우가 묻어나는 선생님 배낭여행 회원들의 책이 출간되기를 응원한다.

최현지님(2020년 어게인 이집트 2 인솔)

10년 전 어머니 옷자락을 잡고 따라다니며 이집트를 처음 여행했었습니다.

그 경험도 경력이라고 최돈근 대장님이 '2020년 어게인이집트 2' 여행의 인솔자로 추천하셨습니다. 대장님께 인솔자 교육을 받았지만 어렴풋한 기억에 역할을 잘 해낼 수 있을지 두려움 반 걱정 반으로 여행을 계획했습니다.

막상 여행을 떠나니 계획한 일정과는 달리 함께한 일행들이 스스로 가고 싶은 곳에 가고, 하고 싶은 것을 하는 것이 일정이자 여행이 되었습니다. 참여자가 최대한 자유여행을 할 수 있는 개성이 넘치는 이집트 여행이었습니다.

요즘 들어 많은 분이 자유여행을 즐기기 시작하면서 이집트 여행에 대한 정보가 대중화되어 있을 것이라 짐작했는데, 일정을 세우면서 찾아보니 이집트에 대한 정보가 아직 많이 없었습니다.

피라미드와 스핑크스에 대한 설명은 있어도 숙박, 음식, 이동 수단 등 자유여행에 꼭 필요한 정보는 찾기가 쉽지 않았습니다. 처음 이집트 자유여행을 계획하는 분이라면 정보를 얻기가 더욱 어려울 것이라는 생각이 들었습니다. 책이 출간되어 이집트 여행을 계획하는 분들이 저희가 즐겼던 것처럼 자유롭게 나만의 이집트 여행을 만들어가신다면 정말 좋을 것 같습니다.

2020년 이집트 배낭여행의 인솔자를 맡게 해주신 대장님과 동행하여 멋진 여행을 만들어 주신 참여자분들께 감사의 마음을 전합니다.

책을 마치며…

　여행객들은 이집트가 아프리카에 속해 있어서 겨울에도 더울 것이라고 생각을 하지만 12월~1월 15일 이전에는 아침 저녁으로 우리나라 초겨울 날씨처럼 쌀쌀하므로 경량 패딩을 준비하셔야 합니다. 1월 말에서 2월 초까지는 늦가을 날씨로 보는 게 좋습니다. 돈은 달러를 가지고 가서 현지 화폐(EGP)로 바꾸어 쓰면 됩니다. 준비가 철저하면 현지에서 실수가 적겠지만, 한 번도 가보지 않은 나라에서 약간의 시행착오를 겪는 것도 여행의 즐거움이 아닐까 생각합니다.

　우리의 여행을 예로 들자면 숙소, 관광지 이동 경로, 액티비티 종류, 교통편, 현지 화폐 정도만 파악하고 그냥 떠나는 편이고, 나머지는 거의 현장에서 해결합니다. 저와 함께 여행하는 분들에게는 현장에서 직감적으로 쓰일 수 있는 여행 감각을 권장하며 참여자들은 여행을 하면서 여행 감각을 습득합니다. 보통 자유 여행을 시작하면 2일 정도는 조심조심 하시다가, 분위기 파악되는 3일째가 되면 모두들 식당에서 주문도 직접 하시고 가게에서 흥정도 할 정도로 여행 방식을 터득하십니다.

　이집트 여행 시 주의할 점은 박시시(이집트에서의 팁)를 요구하는 경우가 많으니 1달러짜리나 현지에서 이집션 화폐 교환하여 잔돈은 항상 준비하고 다

녀야 합니다. 어디서든 도움을 받으면 팁은 기본으로 줘야 하며 팁을 주기 싫으면 도움을 정중하게 거절해야 합니다.

예고 없이 있던 것도 없어지고, 없던 것도 갑자기 만들어지는 것이 사람이 살아가는 세상입니다. 아무리 좋은 가이드 북이 있어도 돌아서면 변한 게 있습니다. 이 책 또한 마찬가지입니다. 기존의 자료가 100% 정확하다는 생각은 하지 마시길 추천 드립니다.

해외여행은 어렵게 생각할 필요가 없습니다. 그냥 현지에 가서 공항에서 호텔까지 택시를 타고 호텔에 가서 짐 풀고 하고 싶은 것을 마음 가는대로 하면서 현지에 적응하며 함께한 사람들과 즐겁게 지내는 것 그게 여행이라 생각합니다.

이집트 자유 여행을 꿈꾸시는 모든 분들에게 좋은 길잡이가 되길 바라면서 책을 마칩니다. 감사합니다.

최 돈 근

여행 전 알고 가기

*환율	1EGP = 74원(2020년 9월 22일 기준) 환차손 고려하여 **1EGP*80=80원**으로 계산한다. 한국에서 달러를 가지고 가서 이집트에서 이집션파운드로 바꾸어 쓴다. 은행마다 환전이 가능하고 ATM기로도 환전이 가능하다. 일반 사설 환전소도 많이 있어서 환전하기 편하다.
*경비	정확한 경비 계산은 하지 않고 **1일 100$**로 준비 숙소, 식사, 교통편에 따라서 가감하고 본인의 주머니 사정에 맞게 여행한다.
*팁	**10EGP를 많이 소지**하고 도움이 필요하면 팁으로 해결한다. 서비스가 보통이면 1인 10EGP(800원), 우수하면 20EGP(1,600원) 정도로 준다. 인원이 많으면 10인이면 50EGP정도로 해결해도 된다. 주는 사람 마음이다.

*날씨 카이로, 2015 ~ 2020년 평균 기온

	1월	2월	3월	4월	5월	6월	7월	8월	9월	10월	11월	12월
낮	22℃	26℃	29℃	33℃	36℃	38℃	38℃	38℃	36℃	31℃	27℃	24℃
밤	7℃	8℃	12℃	13℃	17℃	21℃	21℃	22℃	21℃	17℃	12℃	9℃

성수기:10월~4월, 비수기:5월~9월

*준비물	돈($), 멀티탭, 계절에 맞는 의복, 개인적인 필수품 나머진 모두 현지에서 해결한다.

*유적지 입장료(2020년 1월 기준, 다녀온 곳 정리)

유 적 지	입장료(EGP)	비 고
카이로(Cario)		
이집트 박물관(Egyptian Museum)	200	
박물관 미라방(Mummy Room)	180	
시타델(Saladin Citadel)	180	군사박물관, 모스크 무료
기자 피라미드(Giza Pyramids)	200	
아스완(Aswan)		
콤 옴보 신전(Kom-Ombo Temple)	140	악어박물관 무료
아부 심벨(Abu Simbel Temple)	240	자료관 무료
에드푸 신전(Edfu Temple)	180	
미완성 오벨리스크(Unfinished Obelisk)	80	
필레 신전(Philae Temple)	180	
아부 심벨(Abu Simbel)		
아부 심벨 신전(Abu Simbel Temple)	240	
라이트 앤 사운드 쇼(Light & Sound Show)	250	
룩소르(Luxor)		
카르낙 신전(Karnak Temple)	200	
룩소르 신전(Luxor Temple)	160	
왕가의 계곡(Valley of the Kings)	240	무덤 3개 선택 관람
투탕카문 무덤(Tomb of Tut Ankh Amon)	300	
하부 신전(Medinet Habu Temple)	100	
핫셉수트 장제전(Hatshepsut Temple)	140	
	3,210(25만원)	학생은 50% 할인 가능

*쇼핑 리스트

쇼핑은 개인차가 있어서 조심스럽지만 우리가 사온 몇 가지를 소개한다. 히
비스커스차, 돌로 만든 오벨리스크 모형, 신전 벽화가 그려진 파피루스, 돌에
조각된 호루스 모형, 이집트 문양의 머플러, 목각의 파라오 모형, 요술램프,
이집트 글씨로 이름새긴 카르투시, 이집트신 형상의 병따개 등

 *물건 구입할 때 흥정 요령

1. 사고 싶은 물건이 있어도 다른 물건에 관심이 있는 척 가격을 물어 본다.
2. 그 물건 값이 비싸다하고 사고 싶은 물건의 가격을 물어 본다.
3. 주인이 제시한 물건 가격의 1/10을 제시한다.
4. 주인이 가격을 내려서 자신이 생각한 적정한 가격대가 오면 거래한다.
5. 자신이 목표한 가격을 말하고 그 가격이 오지 않으면 사지 않고 가게를
   나온다. 그럼 더 깎아줄 확률 90%이다.

<유의점>
1. 사지 않을 물건은 흥정하지 않는다.
2. 사고 싶은 물건이 있어 예를 들어서 주인이 100$을 말하고 내가 20$을 제
   시해서 20$까지 가격이 내려왔다면 그 물건은 사야 한다. 혹시 더 저렴한
   가격인데 내가 비싸게 사는 것이 아닌가 하는 마음으로 사지 않으면 서로
   얼굴을 붉힐 수가 있다. 상인들에게 물건을 파는 건 생계가 달린 문제이기
   에 민감한 사항이다.

*투어를 강요하는 현지인에게 시달리지 않는 요령

1. 옆에서 누가 말을 걸어도 절대 대꾸하지 않고 앞만 보고 간다.
2. 자꾸 따라오면 내일 투어한다고 하고 전화번호를 달라하고 전화번호 받아서 내일 연락하겠다 하고 보낸다. 실제론 연락하지 않는다.

 *유적지에서 안내를 해준다하는 현지인들 대처 요령

1. 실제 그들은 사진 포인트를 잘 알고 있어서 팁을 줄 생각을 하고 안내된 장소에서 사진을 찍어도 좋지만 반드시 2명 이상이 함께 있어야 한다.
2. 그들의 도움이 필요 없으면 눈길도 주지 말고 내 할 일만 한다.

 *치안

개인마다 체감도가 다르다. 내가 경험한 이집트 사람들은 대부분 친절했다. 이집트 여행을 하면서 실제 낮이나 밤길을 나가서 위험하다고 느낀 적은 없지만 누구나 위험한 일이 뒤따를 수 있으니 밤길은 반드시 2인 이상 다닌다.

 *알아두면 가끔씩 유용하게 사용할 이집트 말

아랍어 표준 발음보다 최대한 이집트인들이 사용하는 발음에 가깝게 표현해서 구글에 표시되는 말과는 약간의 차이가 있다.

안녕(Ahlan, Marhabaan) - 아흘란(친근한 표현), 마알하반(격식 있는 인사)
잘가(Bye, Wadaeaan) - 바이(친근감 있는 표현), 와단(격식 있는 인사)
미안(Assef) - 아세잎
고마워(Shokraan) - 슈크란
이거 얼마예요?(Bkam) - 빅캄
기차역(Mahatet el qitar) - 마하텔 엘 퀴타레
호텔(Fondoq) - 폰도
병원(Mostashfaa) - 모스타쉬파

경찰(Police) - 폴리스
식당(Mataam) - 마따암
알라신의 가호가 있기를(Al Salam Alicoum) - 알 사람 알리쿰

*꼭 알아야 할 전화번호

이집트 여행객 전용 경찰청 번호(Egypt Tourist police – 126)
주 이집트 한국대사관 긴급상황 번호(012-8333-3236)
이집트에서 현지 유심칩을 한 상태에서 '126' 또는 '012-8333-3236'번을 누르면 된다.

*위급 상태를 가정한 이야기

현지 유심칩을 한 상태에서 가능한 이야기이다.

1. 카이로 여행 중 타흐리르 광장에서 기자 피라미드를 가기 위해서 택시와 흥정한다. 가격을 100EGP로 하기로 했는데 가는데 차가 너무 밀렸다. 기자 피라미드에 도착하니 기사가 오는 길이 차가 너무 밀렸고 돌아가는데도 차가 너무 밀려서 점심도 먹어야 하고, 기름값도 많이 들어서 400EGP를 내어 놓으라 한다. 아무리 말을 해도 막무가내로 듣지 않고 400EGP를 고수한다. 수고한 노력을 인정하여 130EGP를 주겠다 해도 막무가내다. 이럴 땐 폰을 꺼내어서 '그럼 경찰을 부르겠다' 하고 '126'번을 누르려고 하면 거의 100%는 130EGP 받고 조용히 사라진다.

2. 룩소르 여행 중에 마이크로 버스를 내리다가 발을 헛디뎌서 삐었는데 퉁퉁 붓고 걷지를 못하겠다. 병원은 가야겠는데 어디 도움을 청할 곳도 없고 막막하다. '126'번에 전화를 걸어서 현재 상태를 이야기 하고 경찰을 불러서 경찰차를 타고 병원에 갈수 있도록 도움을 청하고, 병원에 가서는 대사관에도 연락하여 도움을 받도록 한다.